狐の婿入り

あかこ

富士見L文庫

KITSUNE no MUKOIRI

Contents

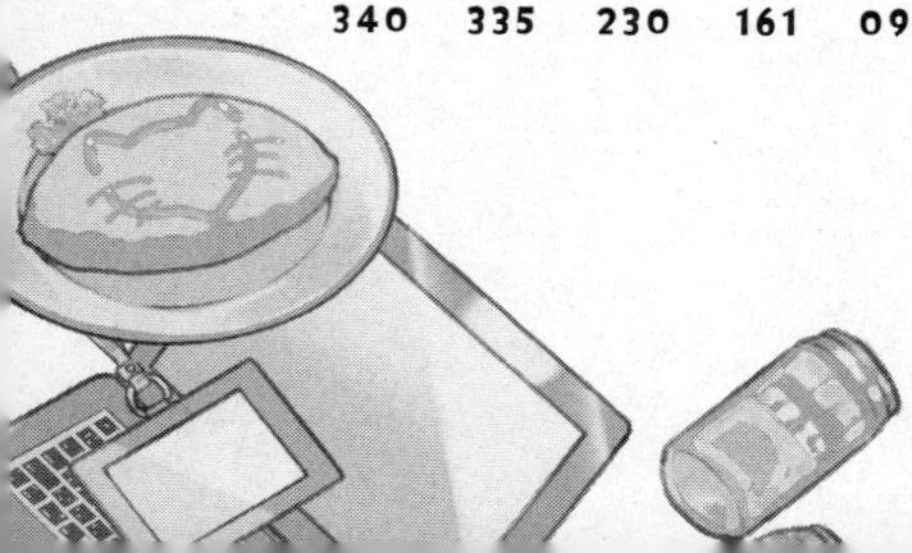

プロローグ

イルミネーションが街をキラキラと煌《きら》めかせるクリスマスシーズン。腕を組んで幸せそうに歩いていく恋人達が行き交う交差点で、沙苗《さなえ》は信号待ちをしていた。その表情は暗く、この世の全ての不幸を受け入れたような顔をしていた。

信号が青に変わり交差点を進む。向かう先は交差点前に建つコンビニエンスストア。

沙苗が出勤時に朝食を買うコンビニだ。入口に立てば自動ドアが開き、浮かれたクリスマスソングが聞こえてくる。

沙苗の行き先は決まっている。酒類が売っているリーチインである。

ガラス扉の取っ手を摑《つか》み開ければ冷気がふわりと身体《からだ》にかかる。中から取り出したのは缶ビール。それも三本。

ビールを入れたカゴを持ってレジに向かう。

欠伸《あくび》をかみ殺していた店員が沙苗に気付き姿勢を正す。

「お願いします」

ひどく声が嗄《しゃが》れていて魔女の老婆のようだった。

「袋にお入れしますか？」

バーコードをスキャンさせつつ店員が尋ねる。暫《しばら》くビールを睨《にら》んでいた沙苗は数秒してから「はい」とだけ答えた。

こうして三本のビールを購入した沙苗は、右手にビニール袋を持ちながらコンビニから出ていった。

季節は冬。肌寒い空気が全身を襲う。吐く息は白く、少しだけ風があった。

クリスマス迫る十二月の今日。時間で言えば一時間前。

沙苗は恋人に振られた。

恋人の名は勝山修平《かつやましゅうへい》。会社の同期であり、二年間恋人として付き合ってきた。

同じ職場で仕事をしていく中で、「付き合おう」と言ったのは修平からだった。沙苗は二つ返事で承諾した。

日々仕事に忙殺されていた沙苗だったが、それでも恋人と共に働けることが嬉《うれ》しかった。付き合ってからは時々修平に仕事を頼まれることもあったが、仕方ないなぁとも思っていた。好きだから、甘やかしたくなるのだ。

クリスマス時季も近づいてきたことで、そろそろ修平とクリスマスをどう過ごすか話をしたいなんて思っていた矢先、彼に呼びだされたのだ。

待ち合わせ先は会社近くのチェーン展開しているファミリーレストラン。沙苗は注文すると立ち上がりドリンクサービスコーナーに向かう。修平用にカルピス、自分はウーロン茶を用意して席に戻った。

「カルピスで良かった？」

「え、ああ……うん」

向かいにコップを置いてから沙苗も座ると、テーブルに置かれたメニュー表を眺める。

「とりあえずドリンクしか頼んでいないけれど、夕飯はもう食べちゃった？　お腹《なか》すいたから何か頼んでもいいかな」

修平から「今日会わないか」と連絡が来たのが日中のこと。夜に入っていた打ち合わせの時間をずらすことも出来ず十九時を回ってようやく会社を出ることができた。

「クリスマス時季だから結構遅い時間にも打ち合わせが入ってて……修平はどう？　今年もあのクリスマスイベント運営のメインだったもんね。順調？」

「ああ、そうだね……」

沙苗と修平が勤める会社はイベント企画と運営を行っている。大規模なライブイベントから小規模なセミナーまで内容も様々だ。クリスマス時季にもなるとイベントが盛り沢山で、会社の繁忙期でもあった。

「今年のクリスマスもそっちのイベントに参加しようかな」

くすくす笑いながらウーロン茶を飲む。

修平が参加しているクリスマスパーティーは、会社が例年開催する大規模なイベントだ。特設会場でショウライブを行ったり、期間限定の露店販売も行う。特にイルミネーションに力を入れており、それを目的に集客をしていることもあって大掛かりだった。

昨年のクリスマスでも二人は企画に参加していた。イベント運営の手伝いを終えた後、イルミネーションを見ながらクリスマスを過ごす約束をしていたが、忙しさもあって実現出来なかったのだ。

(去年は恋人らしい事が何一つなかったけど、せめて今年ぐらいはね)

当時スタッフとして手伝っていた沙苗はイルミネーションを見ている余裕も無いほど忙しく、気づけばイベント終了時刻となっていた。

ようやく手に入れた休憩時間の合間に修平を捜したが、人の多さから見つけることも出来ず、イベントが終わった後に彼から「会社のメンバーに誘われて飲んでる」と告げられたのだ。

「今年は早めに上がれるなら、その後一緒にレストランでも……」

「そのことなんだけど……沙苗」

言葉を遮られ、沙苗は驚いて修平を見た。

随分深刻な顔をしている。

「どうしたの？」

周囲は家族連れや学生でにぎわっているのに。

「別れてほしい」

その言葉はやけに鮮明に沙苗の耳へ入ってきた。

「………え？」

理解が追い付かない沙苗を置いて、修平は口を開く。

「一方的に申し訳ないとは思ってる……でも俺……好きな人が出来たんだ」

後ろ髪を撫《な》でながら修平はなおも言葉を続ける。

「町田奈々《まちだなな》っているだろう？」

「……去年新卒で入った子？」

「そう。俺、あの子の事が好きなんだ」

町田奈々。沙苗と修平が勤めるイベント企画会社の秘書チームで働く女性だ。華やかで可愛《かわい》らしく、男性社員からもてはやされている。

しかし沙苗は実態を知っている。

会社の専務に取り入り専務秘書に就任したり、会社内でも女性の派閥グループを作っているとか何とか。

沙苗は仕事に追われる日々でグループや派閥といったものに全く興味もなく、そして派閥に加担するようなこともしていないが、とにかく幅を利かせている女性であることだけは知っていた。

「…………いつから？」

ようやく出せた声は随分低かった。

「いつから、町田さんの事が好きだった？」

沙苗は極力笑顔を作って尋ねた。

「えっと……可愛いなって思ったのは……今年の始め頃か、な」

口元を手で覆い考えるように答える。

「ふぅん」

嘘《うそ》だと分かった。

(修平、誤魔化す時はいつも口元を隠すから)

つまり、一年以上前から町田を異性として意識していたのだろう。

ふと、思い出す。

「去年のクリスマスイベントの後に抜けていなかったのも、町田さんと出掛けてたとか？」

「えっ…………！」

露骨に動揺した元恋人の表情を見て沙苗は愕然《がくぜん》とした。

(さっき好きになったのは今年の始めって言ってたよね？)

堂々と嘘を吐かれた事に唖然《あぜん》としていると、修平は慌てて首を横に振る。

「ク、クリスマスの時は付き合ってなかった！　まだ！」

開いた口が塞がらなかった。

(修平って……こんなに頭が悪かったの？)

己の発言がより己を貶《おとし》めていることに気づいていないのだろうか。

付き合っていなかったということは、今現在は付き合っているのだ。「好きな子がいる」と告げていたが、実際のところはもう「付き合っている」の間違いだということを指している。

「つまり、去年のクリスマスは彼女と二人で過ごして、今年の始め頃から関係が始まったということね」

「…………」

沈黙は言葉よりも重い。

(ほぼ一年、ずっと浮気されてたんだ……)

勢いで腰を浮かしていた沙苗はゆっくり椅子に腰掛けた。もはや気力も尽きた。

「本当にごめん……今までありがとう。ここ、俺が出しておくよ」

目を逸《そ》らし、テーブルの上に置かれていた伝票を取ると修平は立ち上がった。

賑《にぎ》やかなファミリーレストラン。注文したフリードリンク。ろくに口をつけていないウーロン茶とカルピス。

（数百円の伝票をもって「俺が出しておくよ」って……ばっかじゃないの⁉）

人間は怒りが沸騰すると、どうでもいい些末《さまつ》なことにまで腹立たしくなってくる。

（二年以上付き合ってた女と別れる場所がファミレス？　舐《な》めてんの？）

身体が震える。悲しみで？　否。

怒りで。

（最悪！　最低！　アホ無能マジであり得ないありえないありえない！）

コップを勢いよく掴みウーロン茶を飲み干し、タンッと大きな音を立ててテーブルに置いた。

一瞬周囲にいた客が視線を沙苗に向ける。が、すぐに視線は逸らされる。

鞄《かばん》を乱暴に取ると沙苗は席を立ち、ファミリーレストランから出て行った。

その足でコンビニに立ち寄りビールを三缶買った。

（こんなクソ最低な日、飲まなきゃやってらんないわよ……っ！）

思い出しても……いや、思い出さなくても怒りしか湧いてこない状態をどうにか脱却しなくてはいけない。それにはアルコールという名の栄養剤が必要だ。

大股で歩いてはいるものの、足取りは重い。

（ここ連日重労働だったから足がパンパン……浮腫《むく》んでる）

疲れた顔をしていますね、なんて同僚に哀れみの目を向けられる程度に沙苗は長く働いていた。

（それもこれも、あの野郎の仕事が無能だからじゃない！）

あの野郎とは勿論《もちろん》修平のことで、同期であり恋人でもある欲目から今まで彼の仕事を手伝ってきてしまったのだ。

（けれどもうそれもないわね。ざまあみろ、せいぜい大量の稟議《りんぎ》書に悩まされなさい。総務の部長はアンタみたいな頭の悪い文書しか書けない奴の書類なんか通さないでしょうからねっ！）

自分という恩恵にあずかっていた修平の未来を想像して鼻で笑う。

沙苗は淀《よど》んだ目で手に持つビニール袋を一瞥《いちべつ》した。

一本取り出すと、プシュリと開ける。それからいっきに飲めばアルコールが喉を潤す。

冷え切ったビールで一瞬身体《からだ》が震えるが、アルコールによって身体はじんわりと温まった気がした。

「ふー……美味《おい》しい」

アルコールは怒りを緩和してくれる。続けてもう二口飲む。苦いとだけしか感じなかったビールが美味しく感じるようになったのは、一体いくつの時からだっただろうか。

沙苗は二十八歳。新卒で入った今の会社でずっと働き続けてきた。

初めの頃は苦手だったビールも、気づけば晩酌になっていた。

フレッシュなんて呼ばれていた若手時代から即戦力として兵隊蟻《あり》のように働くようになり、ついに歩きながらビールを飲むようにもなってしまったのか。

「我ながら可愛くなぁい……」

食事も摂《と》っていないためお酒の回りは思ったより早く、寒空の下なのに鼓動は大きく寒さを感じなくなった。

早々に飲み終えてしまったので、もう一本飲もうとビニール袋から缶ビールを取り出そうとしていると、ふと周囲の視線に顔をあげる。

通り過ぎる人が僅かな好奇心や怪訝《けげん》さを隠さない目で沙苗を見ていたのだ。

酒を飲みながら歩いている自身が好奇の目に晒《さら》されているのだと知って慌てて缶ビールを袋にしまい、早歩きで道を進んだ。

「どっか公園でもないかしら……」

目的もなくふらふら歩いていたが、どうしたものかと足を止める。

いっそ自宅に帰ってヤケ酒の続きでも良かったかもしれないが、どうしても今飲みたい。

（ままならないわ……）

仕事に追われ、彼氏には浮気の末に振られ、気分転換できる場所も見つからない。

(それも全部……全部全部っ)

悔しくて悲しくてムカついて苦しくて、涙が滲《にじ》みだしていた。あんな最低な男のせいで泣くなんて、それこそ惨めだった。

そう、惨めだ。

そんな自分を受け入れてしまった瞬間、心が折れた気がした。

心の底から闇に堕《お》ち、ひたすら相手を呪い殺してしまいたいようなどす黒さ。

憎い、悔しい、酷《ひど》い、辛《つら》い、悲しい。

許せない。

零れそうになる涙をぐっとこらえ、顔を伏せる。

(泣くな……！　あんな奴のせいで、泣くな！)

グッと心の内で自分を叱咤《しった》した。

「ビール！　ビールを飲むんでしょう？」

そして自分に言い聞かせる。目的があるうちは大丈夫。自分はまだ動ける。

気合いを入れて公園探しを再開しようとした。

「……………あれ？」

首を傾《かし》げる。

顔を下げるまで見ていた景色が、そこにはなかったからだ。

沙苗の目の前に鳥居が立っていた。


大木ほどの大きさでそびえる鳥居の先は薄暗く、闇夜の中でも圧倒される雰囲気を醸し出している。

「神社？」

「こんなところにあったっけ……でも、神社かぁ」

神聖な区域でヤケ酒してもいいだろうか、と考える。

「クリスマスシーズンに神社……私にお似合いかも」

自嘲めいた笑いを浮かべながら沙苗は鳥居をくぐる。

人の気配もなく静まり返った境内に、沙苗の靴音だけが響く。

（なんだか丑《うし》の刻参りみたい）

作業に邪魔だからと一つに束ねただけの髪はボサボサ。コートは白装束と同じ白色。あいにく持っているものは藁《わら》人形ではなく缶ビール。

少しばかり石段を上っただけで息切れがすることに苦笑いを浮かべた。体力が明らかに落ちている。

（辛いなぁ）

一段一段上りながら考える。

仕事にかまけて修平をぞんざいにしていた？

（そもそもアイツが仕事を押し付けてきてたわよね。沙苗なら何とかしてくれると思って、なんて言って）

ふと足を止める。

（そういえば、そんな面倒な仕事の裏方だけやらされて、アイツ会社で表彰されてたわね）

しかも町田奈々と一緒に。

あの時はプロジェクトの主担当として二人の名前が載っており、自分は後から加わったから名前を載せられることもなかったのだろうと、若干……否、相当不本意な気持ちのまま自分を納得させた。

「あの後もちょくちょく手伝わされたけど、その時アイツら何してた？　さっさと定時に帰ってデートでもしてたってわけ？　最低野郎っ！」

思わず叫んでしまい、慌てて口をつぐむ。

焦って周囲を見回すものの人の姿はない。

肌寒い、凍えそうな夜。微《かす》かな光しか存在しない世界に一人きりの自分。

気持ちが沈んでいく中、階段を上り終えると社殿が見えてきた。

社殿の奥は蠟燭《ろうそく》が灯《とも》され、微かな風によって火が揺らいでいる。その奥には神殿がある
ようだが薄暗く神像までは見えなかった。

進んでみれば目の前に賽銭《さいせん》箱と本坪鈴《ほんつぼすず》があった。

「せっかくだしお詣りするか……」

財布から小銭を取り出し賽銭箱に投げれば、コツンと木箱に当たる音が響く。

本坪鈴の紐を手に取り、ゆっくりと揺らす。

二礼二拍手一礼し目を閉じる。

願い事を思い浮かべようとしても、思い浮かぶのは修平の顔。

『別れてほしい』

『今までありがとう』

数刻前に告げられた言葉が頭によぎる度、怒りが呼び起こされる。

(何が好きな人が出来たよ……浮気者！　嘘《うそ》つき！)

まるで沙苗の怒りにつられるように、蠟燭の火が大きく揺れた。

(一年も嘘をついて私を騙《だま》してた！　好きな人が出来たなんて言いながら、ずっと浮気してた……許せない、許せない！)

(虚《むな》しいな……)

風もないのに蠟燭の火が踊るように揺れる。

(アイツらが不幸になりますようにって……いっそ願っちゃう？　神様、クリスマス前に振ってくるような最低な男を呪い殺してくださいって)

丑三《うしみ》つ時《どき》に訪れて、藁人形で呪いをかけた人物の気持ちが嫌というほど分かる。

「神様……どうか」

どうせ叶《かな》わないのだから、願ってみるのも悪くないと口を開いたが……

「……………ううん」

首を横に振る。

(そんなくだらないこと、嫌。もう二度とあんな奴らに時間を奪われたくない)

「そうよ……そんなつまらないことに神様の手を煩わせたくなんてないわね！」

大きく深呼吸をしてからパンッと気合いを入れて手を合わせる。

「神様。私は東《あずま》沙苗と申します。どうかカッコよくて優しくて超ハイスペックな旦那様と巡り合えますように、お計らいください！」

思いっきり欲望を込めて願う。

人を恨んだって自分は幸せになんてなれない。

だったら彼らの百倍は幸せになってやる。

「小銭の賽銭にしては願いが大きすぎ？」

五円では要求が大きすぎる願いかもしれない。

財布にちょうど入っていた一万円札を取り出し賽銭箱に入れようとして……躊躇《ちゅうちょ》する。

一万円。でかい願いにはでかい対価が必要……

「お見合い代で考えたら安いわよね。飲み会二回分？　安いもんよ。深夜残業であっという間に稼いでやるわ」

自分に言い聞かせ一万円札を賽銭箱に入れた。

「あと……お供え物とかいるかしら」

あるのは缶ビールである。

お神酒《みき》という単語があるのだからきっと神は酒好き、という勝手な解釈で沙苗はビニール袋から缶ビールを取り出した。

「神様、どうぞよろしくお願いします」

一つは祭壇の前に置いて、一つは缶を開けて小さく乾杯。

「こういうのも接待って言うのかしら」

クスクス笑いながら沙苗はビールを飲む。

「どこかに落ちてないかなぁ～イケメンで優しくて料理も出来て高収入の人。神様知りませんか？」

まるで隣に誰かいるように語り掛ける。

「高収入って言ったけど別にお金持ちじゃなくていいんです。私もそこまでお金に困ってるわけじゃないし、養ってもらう気なんてないから。できれば一緒に働きたいし……もし相手が専業主夫を希望しても嫌じゃないです。私、家事苦手だからむしろ助かるかも」

「失礼します」と言ってから石段に腰掛けて語りだす。

「家の玄関を開けたら『おかえり』って言ってくれるだけですごく嬉《うれ》しいんです。私、兄が二人もいたから小さい頃はいつも誰かしら家にいたけど、母が亡くなってからはほとんど一人で過ごしてて。帰った時に「おかえり」って言って貰《もら》えるのがどれだけ有難《ありがた》いかよく分かったんです」

理想と現実は違う。沙苗が今自宅に帰っても、そこには誰もいない。

「一緒に夕食を食べて、くだらない話とかして。たまに喧嘩《けんか》もして……最後にお互いごめんねって仲直りできる……そんな旦那さんがいいなぁ……わがままですかね、私」

呟《つぶや》く口から白い息が漏れる。座り込んでいると少し寒くなって身を縮める。

お酒が回ってきたのか、眠くなってくる。

「願い事で駄目だったら……クリスマスのプレゼントでもいいですよ」

一万円も払ったのだから、それなりに良《い》いプレゼントが返ってきたっていいと思う。

「ほんと……ふぁ……」

大きな欠伸《あくび》をしてから頭を膝に乗せる。眠くて思考が回らない。

ここで寝たら凍死するかも、と思ったのに。酔いは随分回っていたらしい。

沙苗はそのまま静かに寝息を立てた。

冷たい風が吹いて震えていた身体《からだ》だったが、何処《どこ》からか柔らかくふさふさした温《ぬく》もりが包み込んできた。

布団に潜り込むように、温かなそれに顔に沈め、深い深い夢の世界へと潜っていったのだった。


ピピピ。

耳に残るいつものアラーム音。七時を知らせる合図。

「ん…………」

カーテンから微かに射《さ》す朝日に眉を寄せる。

相変わらず鳴り続けるアラームをどうにかしたくて手を伸ばす。

使い古した目覚まし時計を軽く叩《たた》いて鳴るのを止めようと布団から手をブラブラと出す。

半分覚醒半分寝たままの状態で目覚ましを探しさ迷う手を、誰かが優しく包み込んだ。

「…………?」


「眠い……」

何かに当たったのだろうかと眠い目を開けた。

「あ、起きた？　おはようさん」

硬直。のち、一瞬で目が覚めた。

目を開けた先に、知らない男がいた。

サラサラと日差しに照らされる淡い橙色《だいだいいろ》の髪は男性にしては少しだけ長く首元まで伸びているが、それがよく似合う。中性的な雰囲気を出しながら、それでも表情は穏やかに男性らしい顔立ち。切れ長の目が弧を描いで微笑《ほほえ》んでいる。

「ど……ちらさま……ですか……」

覚醒したばかりの頭で、見覚えがある男性か検索した結果、引っかかった件数は0件。

一瞬にして沙苗の顔は青褪《ざ》めた。重ねられた手を慌てて引いて布団から身を起こす。

警戒心全開にベッドの上で後ずさる沙苗を見つめていた男性が困ったように笑う。

「覚えてない？」

「ええ。何処かでお会いしました……？」

沙苗の言葉に男はうーんと考えていると、困ったように笑った。

「昨夜神社に行ったことは覚えてる？」

「え……」

神社と言われ、昨夜の記憶がフラッシュバックし、体温がいっきに下がる思いがした。

(私……なんて罰当たりなことをしたの⁉)

酒を飲みながら立ち寄った神社でお詣りし、その場で神様相手に晩酌しようとビールを飲んだ。

真っ青になった沙苗の様子を見て男は面白そうに笑うと、沙苗の乱れた前髪に触れた。

驚いて沙苗は身体を跳ねさせてから僅かに身を離した。何の真似《まね》なのだと訝《いぶか》しむ沙苗と男の目が合う。

「ああ、ごめんね。髪が目元に掛かってたから。見えづらいと思って」

「あ……ありがとうございます……えっと、神社に行ったことは覚えています。けど……」

それと彼が家に居ることの関連が全く分からない。

沙苗は警戒しながら少しずつ距離を取ろうとした。

「そっか。覚えていないなら警戒するのも当然か……」

沙苗の様子を見て何処か寂しそうに微笑むと男性は、少しだけベッドから距離を置いて頭を下げた。

「僕の名前はなつめ。なつめって言います」

「なつめ……なつめさん、ですか？」

「うん」

嬉しそうに笑うなつめと名乗った男性を見る。

（本当に……すごく綺麗《きれい》な人）

冷静になって改めてなつめを見ればモデルのように美しい顔立ちをしていた。鼻筋の通った輪郭、淡い橙色の髪はサラサラと揺れ、朝日に照らされ眩《まばゆ》く煌《きら》めいている。僅かに吊《つ》り上《あ》がった灰白色の眼は透き通る水晶玉のようだった。

見つめられていることに恥ずかしくなってきて、沙苗は思わず目を伏せた。

「君が神社で何をしていたかは覚えてる？」

なつめは沙苗の左手を手に取った。急な接触に驚き顔をあげる。

「すみません……だいぶ酔ってましたよね。なつめさんにご迷惑をお掛けしてしまったのでしょうか」

「迷惑なんて思ってないよ」

なつめの大きな掌《てのひら》の上に重ねられた自身の手を見て、違和感に気が付いた。

（あれ？）

沙苗の左手の薬指に指輪がはまっていた。

銀色のシンプルなデザインの指輪だった。

（こんな指輪持ってたっけ？）

不思議に思い指輪を見つめていた沙苗の思考が、止まった。

見つめていた自身の左手の薬指になつめが口づけたからだ。触れる程度の優しい口づけは、銀の指輪の上に捧《ささ》げられた。

「な、なつめさん……？」

弧を描くように吊り上がった目が、うっとりと微笑む。

「初めまして、僕の可愛《かわい》いお嫁さん」

そうしてもう一度、沙苗の左手に口づけた。

沙苗の手を取っていたなつめの左手の薬指には、沙苗とお揃《そろ》いの指輪がキラキラと輝いていた。

一章　クリスマスプレゼントは旦那様

僕の可愛いお嫁さん、となつめは言った。

「…………………は？」

間抜けな返ししか出来なかった。

「何を言ってるんですか？　あの、それより手を離してください」

慌ててなつめの手から自身の手を引き離す。

「詳しく話を聞きたいので改めてちゃんと話をしませんか？」

寝起きの、しかもベッドで話す内容ではない。沙苗《さなえ》は改めてベッドから出ようと立ち上がろうとして布団を剝いだ。剝いで気付いた。自分が下着姿でいたことを。

「ええ!?　ち、ちょっと待ってください！」

慌てて布団で身を包み蹲《うずくま》る。

「何で私、こんな格好なんですか……!?」

まさかと思い、恐る恐るなつめを見ると。

「…………」

にっこりと微笑まれた。

(何があったのよ……………!)

沙苗の思考は冷静でいられなかった。

十中八九、自分がやらかしたと思ってはいるものの、百分の一ぐらいの可能性で彼が自分を襲ったという可能性も考えてみる、が……

ちらりとなつめを見ると、目線があったところでまたにこりと微笑まれた。

(こんなイケメンに襲われるとか想像できない……)

ぐるぐると思考を巡らせていると、なつめが立ち上がる。

「ご飯の準備をしてくるから、沙苗さんは着替えたらおいで。ああ、キッチンと冷蔵庫……勝手に使わせてもらうね?」

「えっ、あ、は……はぁ」

止めることも出来ず言葉を迷わせている間になつめは寝室の入口に向かうと出ていった。

寝室の扉が丁寧に閉まるのを呆然《ぼうぜん》と眺めていた沙苗は慌てて立ち上がり、自身のクローゼットから服を取り出した。

(何が起きてるの……!?)

上着を着ている中で自身の薬指にはまった指輪を見る。見覚えのない銀の指輪。

着替え終えたところで寝室のベッドサイドに置きっぱなしになっていたスマートフォン

を手に取った。充電もしていないため電池残量は残り僅か。

画面を見ると、メッセージが一件届いていた。送信者は「勝山修平《かつやましゅうへい》」。表示されたメッセージはたった一言。『本当にごめん。』。

「…………」

いっきにテンションが急降下するが、気を取り直し沙苗はスマートフォンを充電する。支度を済ませると沙苗は寝室の扉をゆっくりと開けた。寝室の先はすぐにリビングに繋《つな》がっており、なつめがキッチンに立っている姿が目に映った。

なつめは朝食の準備をしているらしく何かを炒《いた》めていた。少し離れた先にいる沙苗にも、なつめの手つきが器用であることは分かった。まるで料理番組を見ているように軽やかにフライパンを動かしていたのだ。

なつめは寝室の扉から沙苗が現れたことに気付くと顔をあげて穏やかに微笑んだ。

「沙苗さんはソーセージ何本食べる？」

「え……？」

「ソーセージ。何本食べたい？」

フライパンを持ち上げて沙苗に見えるようにフライパンの中身を見せてくる。ソーセージがころころと転がりながらもこんがりと焼けていた。見せられたソーセージとその香りに、沙苗のお腹《なか》が小さく鳴った。

「じゃあ、一本」

「了解」

沙苗の回答を聞くと、なつめは嬉《うれ》しそうに焼けたソーセージをお皿に載せた。

それから冷蔵庫から卵を二つ取り出した。一つずつ片手で卵を割りフライパンに落とす。じゅうじゅうと音をたてて焼け始める。あまりの手際の良さに沙苗は思わず見惚《みと》れてしまっていた。

次に野菜と果物をいくつか取り出すと、トントンとリズム良《い》い音を立てて切り始めた。

沙苗は勇気を振り絞り、キッチンに近づいてなつめの作業を眺める。なつめが切っていたものはきゅうりだった。均等に斜めに切られたきゅうりはお皿の上に盛り付けられていった。

「……なつめさんは料理がお上手なんですね」

「あまり手の込んだ料理は作れないけどね」

そう語りながらも器用に林檎《りんご》の皮を剝《む》くなつめの包丁さばきは確実に沙苗よりも上手だった。流れるように切られていく林檎は、数十秒後にはウサギの形に象《かたど》られていた。

ウサギの形をした林檎を手に取ると、なつめは沙苗の前に差し出す。

「おひとつどうぞ」

「あ、ありがとうございます」

慌てて受け取る。

器用に象られたウサギの形をした林檎を見る。

（懐かしい）

沙苗が小学生の頃、亡き母が作ってくれたことを思い出す。

沙苗の母は沙苗が高校に進学した頃、事故により亡くなった。以来、沙苗の家族の中で女性は沙苗一人であった。家庭を支えてくれていた母が亡くなったことで随分と苦労したことを覚えている。

手に持ったウサギを見ながらぼんやり母の事を思い出し静止していたらしい。慌てて顔をあげてみれば、心配そうになつめが沙苗を覗《のぞ》き込んでいた。

少し距離を近づけて様子を窺《うかが》ってきていたなつめの端整な顔と、透き通るような瞳に心臓が跳ね上がる。

「顔を洗ってきますね！」

見つめられていることに気付き沙苗は慌てて洗面所に向かった。

林檎を大事に持ちながら洗面所に入れば、鏡には顔を赤らめた自身が情けない顔をして見ていた。

「寝ぐせひど……」

おかしな方向に伸びた髪を手で押さえつつ、林檎をゆっくりと口に含む。

しゃり、と音を立てて口内に転がり込んでくる林檎は、少しだけ酸味が強かった。

洗顔を終えてから鏡の近くで顔を見れば目の下には隈《くま》。

(疲れた顔してるなぁ……)

こんな顔でなつめの前に出ていたことが恥ずかしかった。

(いや、でもその前に何なの？　あの人)

神社に沙苗がいたことを知っていたのだから、恐らく昨日の夜、沙苗がお詣りしていた時に近くにいたのだろう。

「あの姿を見られてたとか最悪すぎる……」

缶ビールを境内で飲んでいた罰当たりな自身の姿。神様に対し謝りに行くことを胸に誓った。

「とにかく話を聞いてみないと」

気持ちを切り替え、洗面台の引き出しから化粧ポーチを取り出し、いつものように化粧を施した。所要時間は五分。最低限の自称ナチュラルメイクを完成させると、ようやく人の前に出せる顔になった。最低限髪を整え一つ結びにすれば完成。

「……冴《さ》えないなー……」

昨夜彼氏に振られ、女子力というものが底辺しかない己の姿に情けなくなる。

「なつめさん私も手伝いま……す……」

自身も朝食の手伝いをしようとしたが、その言葉はリビングのテーブルを見て失われた。

そこには完璧な朝食が並べられていた。

きゅうりとミニトマトなどが綺麗《きれい》に盛り付けられた小皿に、少し大き目なお皿にはソーセージと、半熟に出来上がった美味《おい》しそうな目玉焼き。ふんわりとした白米とあったかそうな味噌汁《みそしる》。味噌汁の具は、冷蔵庫の奥に眠っていた少しだけしなびた野菜達が、美味しそうに浮かんでいた。最後はデザートの林檎。先ほどのウサギが増えて皿に飾られていた。

「ちょうどできたところだから、一緒に食べよう」

キッチンではコーヒーを淹《い》れているなつめの姿があった。

「ありがとうございます………」

(本当に我が家なの……？　ここ……)

自宅だというのに緊張した様子で沙苗はダイニングテーブルに座った。

「いただきます」

時折気になってなつめを覗《み》き見しつつ箸を手に食事を進める。

「……美味しいですね」

「本当？　良かった」

沙苗の言葉に嬉しそうに微笑《ほほえ》みながら味噌汁を飲むなつめ。

(そういえば昨日の夜はご飯を食べてなかったんだった……)

一口食べただけで、随分と空腹を満たされることに気付いた。どうやら色々あって気付かなかったが身体が食事を求めていたらしい。パクパクと食が進む。

（こんな風にちゃんとしたご飯食べるの久しぶりかも……）

頬が緩みながらソーセージを咀嚼《そしゃく》する。沙苗の食生活は荒《すさ》んでいた。朝は早く出て、夜は遅く帰ってくる生活が続いていたため、自炊をする時間が無かった。コンビニやスーパーで惣菜やおにぎりを買って会社で食べる暮らしをしていた。

出来立ての味噌汁と白米を食べているだけで、幸福感に満たされていく。

「沙苗さんは何の料理が好き？」

「料理ですか？」

「そう。何が好きかなって。ああ、嫌いな物もあったら教えて欲しいな」

ソーセージを頬張りながら考える。

「オムライスかな。子供みたいですけど、それこそ子供の頃から好きだったので」

「オムライスかぁ」

「苦手な食べ物は無いですよ。食べられない食材はないかなぁ……激辛とかじゃない限りは食べられます」

「なるほどね」

整った顔が微笑みながら相槌《あいづち》を打つ。彼の好きな食べ物も聞いてみようか、と思ったところで我に返る。

「ちがうちがう、そんな話をするんじゃなくて……！」

彼が何者なのかを尋ねなければいけなかったことに気付いた。遅過ぎである。

「なつめさん……貴方《あなた》、何者なんですか？」

コーヒーの入ったカップから仄《ほの》かに湯気が浮かぶ食卓が一瞬静まる。沙苗の正面に座るなつめの表情は変わらず穏やかに微笑んでいた。

彼は、いつも微笑んでいた。人当たり良く害の一切見えない笑顔。

沙苗は緊張で冷えた手を握りしめながらなつめの答えを待った。

そして輪郭の整った薄い唇が開き、

「僕はね、君が神様にお願いをした『旦那様』だよ」

と言った。


旦那様。

沙苗は首を傾《かし》げた。

「旦那様……？　ご主人様と旦那様とか、そういう……？」

「違う違う。夫という意味の旦那だよ」

夫。夫？

「夫って……はぁ？」

間抜けな声が出てしまった。

「沙苗さんは昨日の夜、神社でお願いをしていたよね。その願い事の内容は覚えてる？」

「願い……」

記憶を辿《たど》る。缶ビール片手に飲める場所を探した寒空の夜。境内に入り参拝をした。

「君の願いは『カッコよくて優しくて超ハイスペックな旦那様と巡り合えますように』だよ」

「あああああ！　な、な、な……！」

一瞬で顔が真っ赤に染まる。

（願った！　確かにお願いしてた！　でも、何で⁉）

「君の願いを聞いて神様が届けてくれたのが僕。自分で言うのも何だけど、僕がカッコよくて優しくて超ハイスペックな旦那様ってこと」

照れくさそうに言うなつめの姿に、沙苗の目には世界が真っ白に映った。

（神様……正気ですか？）

お賽銭《さいせん》に入れた一万円の効果は抜群だった、ということなのだろうか。

「ありえないですありえないですって！　神社でお願いをして叶《かな》うなんてこと、ありえないです…………！」

「ははは、普通はそうだよね」

なつめは面白そうに笑いながらコーヒーを一口飲む。

「……でもね、君がお願いをした神社は特別な神社だったんだ」

「特別な神社？」

「沙苗さんは、お詣りした神社が何処《どこ》にあったか覚えている？」

答えられなかった。沙苗自身、どうやってあの神社にたどり着いたのかも覚えていない。

酔いも醒《さ》めた今だから思う。まるで突然のようにして鳥居が現れたのだ。

「あの神社はね、本当に願いを成就させてくれる特別な神社なんだ。誰のもとにでも現れるものではなく、選ばれた人のもとにだけ神社の方からやってくるんだよ」

「そんなことが……」

あり得るはずがないと、言いたかった。

けれどなつめは目の前にいる。沙苗自身がその場で願ったことを知った状態で。

「僕は君の願いを叶えることが出来る」

呆然《ぼうぜん》としている沙苗の手をなつめが優しく握る。

「ねえ、沙苗さん。僕を君の旦那様にしてくれる？」

長い睫毛《まつげ》、色素の薄い灰白色の瞳が沙苗を見つめる。

手を握りしめられたままの沙苗は思った。

これは詐欺だと。

そうじゃなきゃ、こんな素敵な人が自分の旦那になりたいなんて言ってこない。

「大変有難《ありがた》いですが」

握りしめられていた手を解き、沙苗は薬指に嵌《は》められた指輪に手を掛けた。

「初対面の方にいきなり言われても信用できません」

グリグリと指輪を引っ張り外そうとする。

「確かに神社で願い事はしましたが……あまりにも非現実的すぎます」

思いっきり引っ張ってみる。外れない。

「なので……お引き取り頂けますか？　ご飯はご馳走様《ちそうさま》でした……」

薬指が悲鳴をあげても指輪は外れなかった。

「何で外れないの……!?」

そこまできつい指輪ではないはずなのにぴくりとも動かなかった。

「あー沙苗さん。それ、神様からの贈り物だから外れないよ」

「は？」

「神様からの贈り物」

クリスマスプレゼントとでも言うのだろうか。

　彼氏から貰《もら》えなかった代わりに、どうやら神様が贈ってくれたらしい。素敵な旦那様とセットで。

「信じません！　信じそうになるからやめてください！」

　ほぼ泣き叫ぶみたいに沙苗が言えばなつめは笑う。

「沙苗さん、今日仕事でしょう？　出る時間は大丈夫？」

「え……ああ！」

　時計を見れば八時前。九時までに出社をしなければいけない。

「食器は僕が片付けるから支度しておいで」

「…………ありがとうございます……！」

　詐欺かもしれない。騙《だま》すための常とう手段なのかもしれない。けれど。

（有難いのは事実なのよ……！）

　沙苗は会社に向かう支度をするために、急いで寝室へ戻った。

　食器を片付けるなつめは、相変わらず笑みを浮かべていた。


　混雑する電車の中、入口手前の人混みに挟まれながら沙苗は立っていた。

　その向かいには、頭一つ以上背の高いなつめの姿。

あれから、どうにか急いで支度を終えていつもの電車に間に合った。軽く息を切らしつつ満員電車の中で沙苗はなつめを見上げた。

「なつめさんはどこへ行くんですか」

小声で話しかける。

「沙苗さんのお見送り。この電車、痴漢も多いから会社の最寄り駅まで見送らせて」

「はぁ……」

沙苗の正面に立つなつめは、満員電車だというのに沙苗の前にスペースを空けてくれている。そのお陰で沙苗はいつもより人に揉《も》まれずに済んでいた。

目を合わせるのが気まずいため、背後の景色を眺める。が、窓ガラスに反射してなつめの姿が目に入ってきた。ガラスに映るなつめの姿は綺麗だった。乗車している周囲の女性が、頬を染めながら時折なつめを見つめていることに沙苗ですら気付いたというのに、彼は全く気にしない様子で外の景色を見つめていた。ガラス越しに沙苗の視線に気づくと、目線を下に向けてにこりと微笑むから、沙苗は俯《うつむ》くことしかできない。

本当に綺麗な人なのだ。薄い色素と整った顔立ちから、人間離れした美しさがあった。黙っていると余計にその雰囲気を感じられる。話せば人当たりよく微笑んでくるものだから、沙苗は情けないことに強く警戒心を抱けなかった。

（普通、ストーカーとか強盗とか、犯罪って思うでしょう）

目覚めれば見知らぬ人。名前を把握されていて、自分を夫だと言って付いてくる。文字で表現すると怪しさ満載だ。

けれど不思議なことに、なつめに対しては一切の不信感が芽生えなかった。

穏やかな口調と笑顔に絆《ほだ》されてしまう。これは恐ろしい。まるで疑っている自分の方が悪いという気持ちさえしてきてしまう。

(本当に私が願ったから、なつめさんは現れたの？)

だとしても、どうやって？

(分からないよ〜……！)

混乱しながら電車に揺られていると、急停止により身体《からだ》の重心が崩れる。

人に押しつぶされないよう、沙苗の腰元に腕を伸ばし支えてくるなつめの姿を見上げる。

「沙苗さん大丈夫？」

心配そうな瞳から彼が本当に沙苗を守ろうとしてくれているのだと分かる。

「…………大丈夫です」

これ以上なつめを疑うような考えを続けたくなくて、沙苗は考えることを止《や》めた。

黙ったまま電車に揺られ会社の最寄り駅に到着する。雪崩のように扉から出ていく人の流れに合わせ沙苗となつめも電車を降りた。

改札を出てオフィス街に歩いていく人の流れ。いつもと同じ景色なのに、隣を歩くなつめの姿だけがいつもと違う。

ビジネス街の中でなつめの格好は私服に近い。カーキ色のロングトレンチコートにカジュアルなセーターを着ている。長い脚がよく映える黒のストレッチジーンズがよく似合う。

「沙苗さん、会社はこっち？」

「え、あ……そうですけれど、なつめさん……少しお話ししてもよろしいでしょうか」

「沙苗さんは固いなぁ。よろしいですよ」

クスクス笑いながらなつめが道路の端に寄ってくれる。

沙苗は人の目を気にしつつ意を決してなつめに頭を下げた。

「考えたのですが、やっぱり急に旦那とか言われても困ります。どうやってなつめさんが私の願い事を知ったのかは分かりませんが神社での願い、無かったことにしてください」

ここまで親切にしてくれても、昨日の今日で信用するなんて無理だった。

「そうだね。沙苗さんからしてみたら僕が何者か分からないから、心配なのも分かるよ」

沙苗はゆっくり顔をあげる。見上げる先に映るなつめの表情は穏やかだった。

「でもね、神様の気まぐれだとしても、あの神社が現れて君が願った。それは、運命みたいなものだって思ってる」

「運命……？」

「それにね、神様とか関係なく……僕、沙苗さんのことが好きだよ」

「え……!?」

思わずでかい声が出た。

「会ったばかりでこんなことを言っても信じて貰えないだろうから、信じて貰えるように僕が頑張ればいい」

「ちょ、ちょっと」

何を言っているのだろう。十二月の寒空だというのに、沙苗の身体は熱かった。

悪戯《いたずら》っぽく笑ったなつめは「そろそろ出社の時間だ」と告げると沙苗に微笑《ほほえ》んだ。

「お仕事頑張ってね」

ひらひらと手を振られる。

「………こ、これっきりですから!」

情けなく小さな声で言い放ち、沙苗は足早に歩き出す。

背後できっとなつめが見送ってくれている気がした。そのことに恐怖ではなく気恥ずかしさを感じる時点で、「ヤバい」と思った。

なつめと別れてから数分歩くと、一つのオフィスビルに到着する。

自動ドアを通り自社の社員証を取り出したところで、ようやく日常に戻ってきたような感じがした。

首元に社員証を掛けてエレベーターを待つ。建物の九階に沙苗の勤めるオフィスがある。

「沙苗、おはよう」

名前を呼ばれ顔を隣に向ける。

「春子《はるこ》。おはよ」

春子こと若山《わかやま》春子。沙苗と同期入社した同僚であり、沙苗にとって会社で最も仲の良《い》い友人でもあった。

沙苗と同様に社員証を首に掛けるところだった。栗色《くりいろ》に染まった髪は社員証を掛けたことで柔らかく揺れる。

エレベーターが到着したため、二人で乗り込む。沙苗は九階のボタンを押してから「閉」のボタンを押した。

「……ねえ、沙苗。さっきイケメンと歩いていたでしょう」

「見てたの!?」

「誰？　アンタ修平という人がありながら浮気ぃ？　でもさっきのイケメンなら揺らぐのも分かるわ〜」

修平の名前に沙苗が「あ……」と声を小さくあげる。

「実は……修平と別れたの」

「えっマジ……？」

春子と修平は沙苗と同期のため、付き合っていることを彼女にだけ報告していた。

「うん。昨日振られた」

「あの野郎……やっぱり」

春子が頭を抱え出した。

「やっぱりって？」

「社内で修平と秘書の町田《まちだ》さんが良い雰囲気出してるみたいな噂《うわさ》が前からあってさ。私は沙苗と修平のこと知ってたから、まさかとは思ってたけど……あのクソ男っ」

タイミングよくチーンとエレベーターが鳴った。

「今日昼食一緒に食べよ。詳しい事その時に聞かせて。さっきのイケメンのことも」

「あー、うん……」

「それじゃあ、十二時にエレベーター前に集合で」

「分かった」

苦笑いしつつエレベーターから出て、オフィスのエントランスへ向かった。

「おはようございます」

既にデスクで仕事を始めている同僚に一声掛けながら沙苗は自分の机に座る。昨夜慌てて仕事を終わらせたため、机周りはいつも以上に散らかっている。

パソコンを起動し画面を開く。

「うわ……」

メールフォルダには未読メールが二桁以上届いていた。

（そうだった。昨夜は修平に呼びだしされたからメールチェック全然できてなかった……）

チャットにもいくつか問い合わせが来ているのが見えて、うんざりしながら椅子に凭《もた》れかかり溜息《ためいき》をひとつ。

「……あれ？」

チャットの中に修平のメッセージがあった。

去年クリスマスイベントで使用したデータを出して欲しいという依頼だった。

（は？　連絡来てるの今朝なんだけど……人の事を振っておいて早々に仕事のお願いって）

ちなみに依頼してきた仕事は修平の仕事であって、沙苗の担当外業務である。

あまりにも気の遣えない連絡に呆《あき》れるしかなかった。

「……………優先度低くしよ」

他のチャットを確認することにした。

（この処理まだ終わってないの？　このままだとイベントに間に合わないから業者に連絡

して調整してもらわないと）

会社から貸与されているスマートフォンを首と肩で器用に挟みつつ電話をかける。キーボードで文字を打ち込んでいく。

電話でやり取りを終え、ひと通りのメールチェックをしてから打ち合わせに参加。

打ち合わせが終わってパソコンを確認すると、既に新しいメールが届いている。急いで返事を返しながら社内のチャットを確認。

「ええ……この申請通ってない。なんで？」

却下された自身の申請を確認してから修正を入れる。却下した承認者は再承認するまでに時間がかかるから調整しなければならない。直接会いに行き、事情を説明した上でその場で承認をお願いしてまた席に戻る。

（またチャットの通知……）

一息《ひといき》吐《つ》くまもなくひたすら仕事に集中すること数時間。パソコンの前で高速タイピングをしながら唸《うな》り声をあげている沙苗の後ろからおずおずと声が聞こえる。

「東《あずま》さん、東さん？」

東とは沙苗の苗字《みょうじ》である。

「あ、すみません！　何でしょう」

集中しすぎて周囲の声が聞こえていなかった沙苗は慌てて振り返る。見れば別部署の同僚が心配そうに沙苗を見ていた。

「あの……エレベーター前で若山さんが東さんの事を待っていらっしゃるみたいでしたよ」

「………あ！」

慌てて時間を見る。時刻は十二時五分を過ぎたところ。

「ありがとうございます！」

急いで席を立ち、バッグを片手に席を離れる。駆け足でエントランスを出てエレベーターの前に向かえば仁王立ちした春子がいた。

「遅い」

「ごめん！　本当にごめん～！」

「沙苗は集中すると止まらないものね。いいよ、何食べよっか」

和洋中でメニューを考えながらエレベーターに乗る。

「ゆっくり話せるところがいいから、あそこのカフェにしよ。パスタセットがあるとこ」

「オルタンシアね。いいよ」

エレベーターが一階に到着し、正面の扉が開く。

カフェ・オルタンシアは沙苗の職場の近くにある洋食を取り扱うカフェで、よく利用する店だ。

ビル街の隙間を通り抜ければ住宅街の通りに出る。その通りに並ぶマンションの間にぽつんと看板が飾られている。

木製の扉を開けるとカラン、と音が鳴る。

店員がいらっしゃいませと声を掛けてくるため「二人です」と伝える。

店員は空いていた二人掛けの席に沙苗たちを誘導した。

「空いてて良かったね」

丸テーブルに置かれたメニューを確認する。

「本日のランチにしようかな」

「私もそれ。すみませーん」

本日のランチメニューはナスとベーコンのトマトソースパスタをメインにサラダとブイヨンスープ。ドリンクは二人揃《そろ》ってホットコーヒー。

「…………で？　どうしたの？」

早速春子が聞いてくる。その目からは好奇心以上に沙苗を心配する気持ちが伝わってきた。

「実はね……」

説明すること数分経過。注文していたサラダとブイヨンスープが到着していた。サービスでパンも付いてくる。

「…………修平って本当に最低最悪のクズ野郎だったのね」

目が据わった状態でパンをぶちぶち裂いている春子は怖かったが、口を出さずに沙苗は黙ってスープを飲んでいた。野菜の味が染み込んだ身体《からだ》が温まるスープだ。

「隠れて浮気をしておきながら何が好きな子が出来た、よ。後ろめたさから嘘《うそ》吐いてんじゃない！　私も去年のクリスマスイベント出たけど、修平がやんなきゃいけない仕事をやたら沙苗に押し付けてるとは思ってたのよ。更にあのぶりっ子町田とデート？　全人類の女を敵に回したわね。最低……軽蔑した……」

つらつらと悪態を吐く春子の言葉の羅列に驚きつつ、沙苗もパンをちぎり口に含んだ。

「気付かなかった私もいけないんだけどね」

「アンタは何一つ悪いところないでしょ。皆無よ、皆無」

思いきり手を横に振られる。

「たとえ沙苗に何かしら理由があったとしても、浮気をした時点で確実に悪いのは向こうでしょ。しかも、聞いていればその状態でよく沙苗に仕事を押し付けられるわね？　神経を本気で疑う。無神経すぎるわよ」

「そう、よね……」

それは沙苗も思っていた。

「そりゃそうよ。沙苗の仕事量おかしいもの。そりゃまあ、イベントの直前とかメインで掛け持つ仕事に関われば仕事が忙しくなるのも仕方ないけれど。でも、沙苗の量はあきらかにおかしい。修平がメインで担当する業務も、ほとんど沙苗がやってたでしょう？」

「うーん……うん」

「惚《ほ》れた弱みに付け込んでるアイツがいけない。天罰下されないかなぁ。雷が命中するとか雪山で行方不明になるとかさぁ」

ますます物騒になってきた。

「修平の奴って同期の中では評価が高いけど、それっていつも陰ながら仕事を手伝っていた沙苗のお陰なんだよ。それを一番知っているのは修平のはずなのに……そんな最低なことが出来るなんて」

沙苗は朝に確認したチャットを思い出す。修平は当たり前のように仕事を依頼してきていた。ああいった依頼がもはや沙苗にとってルーチンワークの一つになっていた。彼氏だからといって公私混同するような事はなるべくしたくなかったが、それでも仕事を頼まれると「仕方ないな」と受け入れてしまった自分にも非があるのだ。

「悪いけれど、前みたいに手伝いたいって気持ちにはなれない……会社には悪いけれど」

「本来はアイツがやるべき仕事を沙苗にやらせていることの方が問題。むしろ手を貸すと相手に良い様に使われるのが目に見えてるんだから、そこは断るべき」

「仕事に関わっている人のことを考えるとついね。お客さんに迷惑掛かるんじゃないかって思っちゃって」

「そう思うなら早めに断るべき。正しい仕事のやり方に戻さないと余計に顧客への影響が大きくなっちゃうでしょ？」

「そうだね……」

意を決し、昼食が終わったら返事をしようと決めたところでメインディッシュのパスタがやってきた。

くるくるとパスタをフォークに絡ませる。

「で、修平のことはいいとして。朝のイケメンは誰？」

「……………それは私も聞きたいよ」

パスタを頬張りながら思わず漏らす。

願い事の話はうまく伝えるのが難しかったため、「昨日の夜に酔っ払って帰って起きたら彼がいて、旦那になりたいと言ってきた」という説明にならない説明をした。

「……一歩間違えれば犯罪だけど、ごめん。あんなイケメンを捕まえられたのグッジョブって思っちゃった」

「あはは……」

笑うしかない。

「どんな人？　仕事は？　年齢は？　料理が出来てイケメンとかそれだけで結婚したい」

「春子、本音が混じってる」

「だってそうでしょ！　アンタの薬指のそれも、なつめさんって人が贈ってくれたの？」

「これね……多分？」

朝から何度外そうと試しても外れない指輪。

まさか神様直々に嵌《は》めてくれたとは思えない。そもそも神からの贈り物ってなんだ。

「聞いてると完全やばいはずなんだけど……あまり危険な感じには見えなかったなぁ」

「そうなのよ」

だから調子が狂うのだ。

明らかに不審者らしい行動をしてくれればこちらも迷いなく警察に通報が出来るのだが、なつめには一切不審な行動が無かった。

一歩引いて沙苗の様子を窺《うかが》い、何かするのであれば必ず確認を取る。一定の距離感を保った上で話しかけてくるから、勢いで押されているような感じもしない。

「確かに何者か分からないと心配よね。あまりにしつこかったり困ったりしたら警察に連絡するのよ。勿論《もちろん》私でもいい。逃げ先は確保しておきな」

「うん。私もこれっきりにしてって伝えているから」

そう。行きに見送ってくれた時確かに沙苗は伝えた。「これっきりにしてください」と。

どれだけ効力があるか分からないけれど。

「うーんでも惜しいなイケメン……」

「まだ言う」

そうしている間に食後用のコーヒーが届けられた。


食事を終え、仕事に戻る。

パソコンを確認してみれば未読のチャットが追加されていた。

『資料いつできそう？』

修平からの連絡だった。

（え、私作るって言ってないけど）

無神経オブ無神経の連絡にドン引きした。

先ほどの春子と話をした時に決めたように、断りのチャットを入れる。

（冷静に修平の事を見ると……無神経な人だったんだなぁ）

修平は沙苗の上司の許可なく沙苗に仕事を依頼し、沙苗から預かったデータをさも自分が作ったように発表していた。そんなことを許してしまっていた自分が情けなく思える。

（まあ、これからは私も手伝わないからボロが出るでしょ）

ざまぁみろと思いつつチャットを閉じる。

作業に集中して数時間。気が付けば終業時間を超えていた。

（なつめさんはさすがに帰った……よね？）

一抹の不安もあるため、いつもより早めに仕事を終わらせる。

エレベーターで一階に降りてエントランスに向かえば、外の景色は夕暮れから夜に差し掛かるところだった。

「あれ、沙苗今日はもう帰り？」

丁度外出から戻ってきたらしい春子とばったり会う。

「うん。今日は早めに帰る」

「そっか。お疲れさ……」

春子の声が途切れた。その視線は沙苗の背後をじっと見ていた。

つられて視線を後ろに向ければ、見覚えのある姿がエレベーターから降りてきていた。

町田奈々《なな》。元彼である修平の浮気相手だ。

ナチュラルボブの髪は少しも乱れず、華美になりすぎないメイクは垂れ目に見えるようなアイメイク。ふっくらとした唇はアヒルロ。彼女は取り巻きらしい同僚と一緒に帰るところらしい。

奈々は沙苗と目が合うと垂れ下がった目を細めてにんまりと笑った。

「あれぇ東先輩と若山先輩。オツカレサマです」

受け止める側にしか伝わらない、小馬鹿にするような露骨な態度に沙苗は眉根を寄せる。

「今日は早いんですね。何かご予定でもあるんですかぁ？」

言葉では質問してきているのに、言葉の裏から隠しきれていない本音が副音声で聞こえてくる。

『予定なんてあるわけないですよね？』と。

「もしかしてデート……とか？　クリスマス近いですもんね」

それどころか堂々と無神経な事を聞いてくる奈々の態度に沙苗と春子は声も出なかった。

恐らく知っているのだ。昨日、沙苗が修平に振られたことを。

(悪趣味すぎる……)

あからさまに人を馬鹿にした態度をする奈々を無視してビルを出ようと思ったが、どうやら会話を終わらせるつもりは無いらしい。

「あれ？　先輩それ……」

奈々が目を細め沙苗のとある一点に視線を投げた。視線の先を確認すると、そこは左手薬指の指輪だった。

「薬指に指輪って……先輩、彼氏いらっしゃるんですか？」

『正確には昨日彼氏いなくなりましたよね？』と言っているのは明らかだった。

「……お疲れ様」

春子の顔が笑顔で怒っているのが目に見えて分かる。

(困ったな……ここで町田さんに言われたままだと春子がキレそうだけれど、言い返したとしても周囲には若手の子を虐《いじ》めてる先輩として映るんだろうな)

そこまで計算して奈々が言っているのであればとんだ食わせ者だ。

(適当にかわすしかないか)

目の前に立つ女は自分の恋人だった人の浮気相手。

でも、悔しいとか許せないとか思う気持ちは、修平への想《おも》いも冷めた今、全く無くなった。

「あーはいはい、彼氏ね。彼氏はいな」

「いるわよぉ？　それも超イケメンのハイスペックな彼氏が」

「…………………………は？」

彼氏はいない、と答えようとした沙苗の言葉を遮るように言い放ったのは春子だった。

「沙苗ってば熱烈にアピールされててね、ちょうど彼氏もいなかったから付き合い始めたのよ。その指輪も彼氏さんからもらったんだよね。ね？　沙苗」

違う、と言いたかったが春子の目が全力で『話を合わせろ』と圧をかけてくる。その勢いに押され口を閉ざす。

「沙苗の元彼がしょうもない小物だったからさぁ、沙苗は彼には勿体《もったい》ないと思ってたのよ。

今の彼氏さん最高でね。沙苗もあんな駄目な彼氏と別れてくれて良かったぁ」

奈々をも圧倒する優越に満ちた春子の顔。

（こ、こわ）

沙苗は初めて見る目の据わった友人に息を吞《の》んだ。

「へ……へぇ～本当ですか？　ぜひ見てみたいなぁ」

奈々も奈々とて受けて立つと言わんばかりに笑顔で取り繕ってきた。

「そんなに素敵な彼氏さん……本当にいらっしゃるんですかね。お会いしてみたいなぁ……そうだ、良ければ今度のクリスマスイベントに呼んできてくださいよ」

クリスマスイベントとは、修平が取り組んでいる大型ショッピング施設のクリスマスイベントの事だ。

　集客を目的としたイベントのため、社内でも参加者を集う掲示が貼られていた。集客目的の仕事の時にはよくある事で、家族連れや恋人、友人と自由に参加して欲しいといったアナウンスと共にイベントの詳細が社内で知らされる。

　昨年はイベント運営の手伝いとして参加していたが、今回は運営に関わっていないため、行くとなれば一般客として参加することになる。

「家族や恋人を連れてくる方もいるし、先輩の彼氏さんもお誘いしてぜひ来てください。私も当日は彼氏と一緒に回る予定なんです」

にこりと微笑《ほほえ》む奈々の顔は可愛《かわい》らしいのにとても不気味に見えた。『連れてこれるなら連れて来いよ』と、これまた副音声が聞こえた気がした。

「ね？　いいですよね」

NOとは言わせない物言いに口籠もっていると、

「大丈夫じゃない？　沙苗、声かけてみましょ。きっと来てくれるわよ」

「え、え？」

「来てくれるわよ、ね」

（こ、怖い！）

前門の虎、後門の狼《おおかみ》をリアルタイムに体験している沙苗は身をすくませながら、どうにか口を開き。

「け、検討させていただきます……」

仕事のような言い回しでその場を後にした。


（何て約束をするのよ春子……）

駅に向かう道を歩きながら沙苗は落ち込んでいた。

本人の許可なく、勝手になつめをクリスマスイベントに連れてくるよう奈々と約束を取り決めてしまった事実に頭が痛くなった。

「出来るわけないじゃない。だって私、なつめさんの連絡先も知らないのよ？」

奈々と別れた後、春子には謝られたが彼女の怒りは収まっていなかった。

『悪いとは重々承知してるんだけど、あんなクソ女のいい様に言われるなんて許せないのよ！　だって、沙苗の事を何も知らないのにあんな風に馬鹿にして！　悔しいっ』

何も言えなかった。彼女は誰よりも沙苗自身のために言い返してくれたのだ。

目には目を、歯には歯を、男には男を。修平よりも魅力ある男性を彼氏に持っていると見せれば、きっと奈々は悔しがるだろうと春子は踏んだのだ。そしてそれは、恐らく間違いではない。

「どうすればいいんだろう」

「何をどうすればいいの？」

不意に耳元に囁《ささや》かれたテノールの声に驚いて顔を横に向ける。

「お疲れ様、沙苗さん」

そこには朝と変わらず穏やかな笑みを浮かべたなつめが立っていた。

「なつめさん！　どうしてここに」

沙苗から問われると、少し困った顔をした。

「んー……沙苗さんを待ってたって言ったら……怖い？」

僅かに上目遣いに見つめるなつめの表情は、とてもじゃないが不審者には見えない。まるで甘えてくる彼氏のような甘さと、相手に警戒心を抱かせない声色に思わず首を横に振ってしまいそうになる。

「どうして……」

「朝は時間もなくてゆっくり話も出来なかったですし、せめて会話をする機会を頂くことは出来ますか？」

なつめの表情は笑みを浮かべながらも真剣な瞳をしていた。決して冗談でも社交辞令でもなく、心から告げていると分かる表情に、沙苗は小さく頷《うなず》いた。

「……朝はあんな風に言いましたが、私も詳しく話をお聞きしたいと思いました。なつめさんがどんな方なのかも分からないですし。それと……個人的なお願いもあって……」

最後の言葉は尻すぼみしていた。

「そっか。それじゃあ、一緒に夕食でもどうかな」

手をさし出され沙苗はきょとんとした。

この手は何だろう。

「ああ、手は繋《つな》がない？」

「え？　何で手を──」

「昨日の夜は繋ぎたがってたから」

爆弾発言を投下され、沙苗の思考は一瞬にして真っ白になった。

昼にも入ったカフェ・オルタンシア。昼とは雰囲気が違ってムードあるBGMの流れる中、沙苗はコーヒーを二つ注文した。

「詳しくお話をお聞きする前に、一つだけお願いがあります」

姿勢を正した後、九十度に頭を下げる。

「クリスマスイブ、私のイベントにお付き合い頂けないでしょうか」

「いいよ」

即答すぎる肯定の言葉に頭を下げたまま顔だけあげる。

「まだ何もお伝えしてないのですが」

理由とか、目的とか、時間とか。

「沙苗さんのお願いだもの。断る理由はないよ」

いや、あるでしょ。

「そこで僕は何をすればいいのかな」

「あ、え、えーと」

そこで沙苗は奈々とのやりとりをかいつまんで説明する。

始終口を挟まず話を聞いていたなつめだが、ひと通りの説明を聞き終えると楽しそうに笑った。

「春子さんという方にはとても共感できるものがあるね。仲良くなれる気がする」

「いや、そこは共感をしないで下さい」

「自分にとって大切な人が第三者から邪険に扱われるようなことが目前で起きていれば、黙っている方が耐え難《がた》い事だと思わない？」

「それは……そうですけど。というか大切な人って」

「言ったでしょ？　好きだって。君の願いは何をおいても叶《かな》えさせてもらうよ」

綺麗《きれい》な顔がウインクして承諾した。

「けれど、一つだけ僕の願い事を聞いてくれる？」

「なつめさんのお願いですか？」

「そう。どんな願いかは、そのイベントが終わったら教えるよ」

今言わないことに警戒した顔を見せると、なつめは困ったように笑う。

「高額な金銭要求とか無理に結婚してとか、そういう類ではないよ。ただ僕もちょっと困ってることがあって」

「困っていることですか？」

「うん。まあ、その辺はこの件が片付いたら改めて相談させて」

なつめの返事から、どうやら今すぐ教えてくれる様子は見られなかった。

「……分かりました。出来る限りの範囲でよければ、ですけど」

「ありがとう」

ホッとした様子で表情を緩めるなつめの顔を見て、沙苗は胸が跳ね上がるように動悸《どうき》がするのを感じてしまった。

会話が終わるとなつめはメニュー表を手にとり「お腹《なか》空いたから何か食べようか」と言って沙苗に差し出した。

(やだなぁ……何でときめいてるのよ、私)

イケメンに優しくされて、嬉《うれ》しくない人なんていないのだろうか、いや、いない。誰もがそんな状況になったら何を考えるか。勿論《もちろん》、詐欺だ。だから警戒した。警戒していたのだ。

なのに。

(どうしてこんなになつめさんの言葉を信じたくなっちゃうんだろう)

まるで狐《きつね》に化かされているような、そんな感覚。

メニューからいくつか選び注文をし終えると、「そういえば」と沙苗は口を開く。

「なつめさん、苗字《みょうじ》は何ですか？」

「苗字は葛葉《くずは》だよ。葛切りの葛と葉っぱの葉でくずは」

「珍しい苗字ですね。なつめの漢字はナツメヤシの棗《なつめ》ですか？」

なつめは首を横に振ると、テーブルを濡らしていた水滴を一つ指で掬《すく》って字を書きだした。

「木と斤《きん》の下に白を書いて晳《せき》って書くんだ」

「斤……」

馴染《なじ》みがあるようで馴染みのない字に思わずつぶやく。

「斤はね、食パンの単位だよ」

食パンに単位なんてあったのか。

気になって沙苗はスマートフォンを取り出す。検索『食パンの単位』。

「……………本当だ！」

「知識が増えたねえ」

新たな知識を得たところで注文していた夕食が届いた。

ランチと一緒で、パンのおまけがついてきた。

「なつめさん、ここはちゃんとお支払いしますよ！」

「ここは黙って奢《おご》られてください」

夕食を食べ終えると早々に会計をなつめに済まされてしまった沙苗は、取り出していたお財布を渋々しまい頭を下げた。

「もう……ご馳走様《ちそうさま》でした」

「いえいえ」

なつめとの夕食は楽しいひと時だった。朝食を共に食べた時も感じたが、なつめとの会話は流れるように時が過ぎる。緊張して言葉が詰まることもなければ、黙るような時間も少ない。自然と話題を振ってくれる会話の流れは、なつめの話術によるものなのだろうか。沙苗が問いかければ、スラスラと言葉を返してくる。そのやり取りが楽しくて時間が過ぎるのがあっという間に感じてしまうのだ。

「沙苗さんが嫌じゃなければ、自宅まで送るけど」

少し考えてなつめが困ったように笑う。

「駄目？」

「駄目って……」

顔がみるみる赤らんでいくのが分かる。

食事を共にしていない時だったら沙苗は断っていた。けれど食事というものは不思議で、同じ空間で一緒に食卓を囲むだけで、打ち解けられる時間が生まれているのだ。

「え……駅まで、でしたら」

（うわーーー偉そう！）

言いながら後悔した。けど、家までは無理。たとえ相手が自宅を知っていても無理。

「はい、お安い御用で」

そんな沙苗の心情を知ってか知らずか、なつめは嬉しそうに隣を歩く。

すれ違う女性がなつめの顔を見て足を止める。見惚《みと》れるように彼を見る通行人を何度見かけただろう。

夕食の場でいくつか彼について聞いてみたが、何一つとして不審に感じるものはなかった。それが余計に不思議でならなかった。どうして神社にいたのか、神社で聞いたという神様の話も思いきってしてみたが、彼自身もよく分からないと首を振った。

「でも沙苗さんに会って話をしたら、運命かもって思えたんだよね」

嬉しそうに告げるなつめの言葉を、笑顔を、沙苗は疑いたくなかった。

駅に向かいながら歩いていると「沙苗さん、今週の土曜日に出かけよう」となつめが誘ってきた。

「沙苗さんが言っていたクリスマスのイベント、君の元彼君と誘ってきたその彼女がいるんでしょう？　だったら戦場に向かう準備をしよう」

「戦場……」

一体いつからクリスマスイベントが戦場と化したのだろう。

「別に構わないですけど……準備って何をするの？」

「それは当日のお楽しみ」

相変わらず食えない笑顔でかわされた。


忙殺に忙殺をかさねた平日を終え、泥のように眠る金曜の夜を通り過ぎて土曜。

沙苗は見事に寝坊した。

「うっそ信じられない……！」

絶望に叫びながら慌てて支度を始める。

なつめと約束した土曜の朝。待ち合わせは沙苗の最寄り駅に午前十時集合。現在の時刻は九時五十分。約束をしておきながら、沙苗はなつめと連絡先を交換していなかった。故に、遅刻をする場合事前に連絡が出来ない。文明の利器に慣れた沙苗は無力だった。

「やばいやばいやばい……」

食パンを口に詰め込みながら、その辺りに放り投げてあった洗濯済みの服に着替える。化粧は後で出来るように眉毛だけ描いて化粧ポーチを鞄《かばん》に詰め込んだ。ブラシは手櫛《てぐし》。最悪なコーデだ。

「久しぶりに出掛けるのにこれは……最悪！」

連絡無しで遅刻だけはしたくないという沙苗の信念の下、使い慣れたシューズを履いて全速力で走った。

「ううっ……あばらいたい！」

運動不足が沙苗を襲う。朝から全力疾走は正直辛《つら》い。

残り一分のところで駅の屋根が見えた。

駅前の時計台に飾られた時計が十時を指す。その時計台の下になつめはいた。

「わあ……沙苗さん大丈夫？」

「………おは、よう……ございます……」

ぜーぜー息を吐きながら待ち合わせ場所に来た沙苗に周囲の視線が集中する。

「はぁー……ごめんなさい、寝坊しちゃって。間に合って良かった……」

「ゆっくり来てくれていいのに。でもありがと。ご飯は食べた？」

「軽く食べたから大丈夫、です」

「そう？　無理はしないでね。今日は色々出かけようと思っているから」

「出掛けるって……何処《どこ》へ？」

当日のお楽しみと言われ何一つ知らない沙苗が尋ねれば、なつめは蜂蜜のように甘い笑顔で「美容院だよ」と告げた。

「美容……え？」

「こっち」

優しく手を握ると歩き出すなつめに沙苗は慌ててついて行く。痛くはない程度の引っ張っていく力に首を捻《ひね》りながら共に歩けば、少し進んだ先の店に入っていく。

（あ、ここ行ってみたいって思ってたところだ）

時々見かけていたお洒落《しゃれ》なデザインのウィンドウ。中は観葉植物が飾られ、外から顔を見られないよう配慮された美容院だった。一度気になって予約をしようと思ったが、生憎《あいにく》二ヶ月先まで予約がいっぱいで諦めた店だったことを思い出す。

入店してすぐにスタッフが笑顔で出迎える。

なつめはスタッフといくつか話を終えると、スタッフは沙苗に視線を向けて微笑んだ。

「それではこちらへ」

「へ？」

連れていかれた先はシャンプー台。お掛けくださいと言われれば素直に従い椅子に座ってしまう。スタッフの手慣れた所作で何故《なぜ》か沙苗の洗髪が始まった。

（あ……気持ちいい……）

そういえば前に美容院に行ったのはいつだろう。伸ばしっぱなしだった髪の長さから数か月は通っていない。

しかも、名店なだけあってシャンプー一つでこんなにも違うのかと感動した。柔らかな指の動き、適温のシャワー、香りの良《い》いシャンプー。終わる頃には沙苗の思考はぼんやりしていた。

誘導されるままに移動し、椅子に腰掛け、軽くマッサージをされた時点で沙苗の意識は落ちた。

ぼんやりしている間に散髪が始まり、まるで魔法のように肩が軽やかになっていく。ドライヤーの温かさが心地好く、沙苗は何度も舟を漕《こ》いでいた。

「終わりましたよ。いかがですか？」

スタッフの声に覚醒した沙苗が慌てて顔をあげる。

「……………わぁ……………」

感嘆が思わず漏れた。ビフォーアフターの違いがあまりにも過ぎた。

艶を失い、いつも一つ結びで癖のついてしまっていた。伸びきって手入れをしていなかった髪が、今は艶《つや》めいて輝きながらサラサラと肩に流れ落ちていた。

「巻いてもお似合いと思いましたが、お客様の真《ま》っ直《す》ぐな髪質を活《い》かした方が小顔にも見えると思って」

「……本当ですね」

本当に違って見えた。髪型一つでこれほど印象が変わるのか。

立ち上がり入口に向かえばなつめが待っていた。彼は沙苗を見るとにこりと笑う。

「すごく可愛《かわい》い」

たった一言、その一言が嘘偽《うそ》りなく本心から言っているのだと、どうしてか思えてしまうのは、なつめの瞳が嬉しそうに沙苗を見つめているからだろうか。

「あの……これって一体」

「言ったでしょう？　戦場に向かう準備をしようって」

「………これが、準備？」

「そう」

少しだけ沙苗に近づいたなつめが、細長い指で沙苗の髪に触れる。サラサラと流す所作が、あまりにも色っぽい。

「戦場で一番の美しい女性にしてあげるよ、沙苗さん」

低く囁《ささや》く声が、まるで悪魔の囁きのように誘惑に満ちていた。けれどそれは、沙苗を堕落させるための声ではない。

見つめるなつめの瞳は、半月のような形で輝いていた。

いつもの沙苗なら何の冗談を言っているのだろうとか、そんな事出来るはずがないとか言っていたかもしれない。

ファミレスで沙苗を非情に振った修平の顔を思い出す。そして、そんな彼と付き合い沙苗を嘲笑《あざわら》うかのように見てきた奈々の顔。

神社の石段を上りながら、自分の惨めさに悲しくなった想《おも》いを断ち切りたい。

沙苗は顔をあげると背筋を正しなつめに頭を下げた。

「よろしくお願いします」

実現できるかなんて分からないけれど、これ以上惨めな気持ちを抱きたくなかった。

（自己満足かもしれないけれどそれでもいい。私が出来る限りのことで見返してやりたい！）

せめてなつめの隣に立つのが似合う自分になって、修平や奈々を見返してやりたかった。

それが、細《さき》やかな沙苗の復讐《ふくしゅう》にしてプライドだった。

闘志に燃えだした沙苗の瞳を見て、なつめが笑う。

「次はこっちだよ。行こう」

差し伸べられた手を、沙苗はぎゅっと握り返した。


それから連れて行かれた場所は、沙苗にとって初めての経験ばかりだった。エステで気持ち良いどころか痛い思いをしながら肌を整え、普段なら絶対買いに来ないであろうお店でイベントに着るための服をなつめが選んでは購入していく。

「なつめさん、お願いですから払わせてください！」

美容院に始まり服からアクセサリーの全てをなつめが会計していたのだ。試着を終えて

「買います」と告げた時には既に会計が終わっている状態が続いているため、沙苗はどうにかして支払いをしたかったのだが……。

「願い事を聞いてくれる約束をしているだろう？　それに、せっかくのデートなんだからこのぐらい僕に払わせてよ」

デートだったのか！

いっきに意識して沙苗の顔が真っ赤に染まった。

当然とばかりに荷物を持つなつめの姿に、沙苗は自分が令嬢になったような気分で落ち着かなかった。

「ここで最後だよ」

なつめが向かった先はデパートの中にある化粧品のコーナーの一角。

「最後はメイク。そうだなぁ」

なつめは全体を見渡すと静かに考え込んだ。不思議なことだが、なつめは美容院やアクセサリーを決める判断がとてつもなく早い。ブランドや値段を一切見ず、まるで直感で決めているようにさえ見えた。

「ここにしよう」

向かった先は、沙苗でも知っているメーカーの化粧品売り場だった。店員が二人に近づくと、まずは一瞬なつめに見惚《みと》れるがそこはプロ。「いらっしゃいませ」と不快にならない程度の距離感で声を掛けてくる。

「彼女に似合うのはどれかな」

随分抽象的な提案に対し、店員はいくつかの化粧下地、ファンデーションなどを提案してきた。相変わらず沙苗はされるがまま椅子に座り、されるがままメイクを施される。沙苗の背後では店員となつめが真面目な様子で沙苗の化粧について話し合っている。

やがて鏡に映る沙苗の姿がみるみる変わっていく様子に沙苗自身も驚いた。疲労による肌のくすみは消え、つるりと水気を含んだ明るい肌が映し出されている。瞳は化粧だけでいつもより大きく見え、血色の良い沙苗が鏡の前で呆然《ぼうぜん》としていた。

「こんなに変わるんですか……」

化粧の仕方から沙苗の知っているやり方と全く違っていた。動画や友人のやり方を見よう見まねで真似《まね》ていた自身のメイクが、まるでままごとのようだった。

ハッと気づき会計のカウンターを見た時には既になつめが会計を済ませていた。

（ま、またしても……！）

ここまでくると意地でも会計をしたくなる。素直に奢《おご》られている性格ではない自身の性格に悪態を吐きつつ、沙苗はニコニコしながら紙袋を持ってやってきたなつめに「借りは必ず返します」と、任侠《にんきょう》映画のような台詞《せりふ》を吐くと、なつめが声を出して笑った。

「ははっ……お待ちしてます」

あ、これ絶対待ってないな。沙苗は少し頬を膨らませ、次のボーナスの使い道は「返済」と決意した。


イベント当日。つまり決戦の時である。

大型ショッピングセンターは首都圏から少し離れた郊外にある。ショッピングセンターのある駅に到着した沙苗は駅構内を出ると辺りを見回した。遠くからは絶えずクリスマスソングが流れている。外を見上げれば陽が落ちる頃で、イルミネーションは既に点灯していた。

沙苗は新品で包まれた自身の姿を確認する。

(うーん……別人。馬子にも衣裳《いしょう》。ビフォーアフター)

教え込まれたメイクを自身に施し、デパートの店員には及ばないものの変貌をとげるメイクを完成させると、なつめと買った服で全身をコーディネートした。フワフワのファーコートに黒のワンピースドレス。華やかなアクセサリーと歩きやすいながらもスタイル良く見せるショートブーツ。手はアイボリー色の手袋を嵌《は》めており、新調したバッグと色とデザインが合っていた。

自分でも驚くぐらい綺麗《きれい》になったと思う。前日にはしっかり睡眠を取るように、体の疲れも取るようにと再三忠告を受けた甲斐《かい》もあって化粧のノリも良かった。普段はしないアイメイクのお陰で目鼻立ちがよく目立つ。

ひと呼吸を終えてから沙苗はなつめとの待ち合わせ場所に向かう。

（確か改札出てすぐのところだったよね）

最寄り駅付近に目立つオブジェもないため人混みの中から探し出すしかないのだが、沙苗は早々になつめを発見した。

（嫌でも目に入るよ……こんなにカッコいい人……）

モデルのようにキレイな顔は相変わらずだが、とにかく格好に惹《ひ》かれた。細身のダークブラウンのストライプスーツ。移動で暑かったのか手にコートを掛けながら景色を見据えている姿はそれだけで絵画のように美しかった。吐く息の白さも相まって神々しささえ感じる。

一種の怖ささえ覚える美しさに足を止めていると、彫刻のように佇《たたず》んでいたなつめは沙苗がいることに気が付くと破顔した。周囲から微《かす》かに悲鳴があがった。

「沙苗さん。とてもキレイだ」

うっとりと本心から告げるなつめの言葉に、みるみる顔が赤く染まり俯《うつむ》くしかなかった。

「ありがとうございます……」

なつめさんも素敵ですと言いたかったが、素直に声に出せなかった。言葉で伝えると陳腐な気がして、言い出せなかった。見上げる度に灰白色の瞳が愛おしそうに沙苗を見てくるから、沙苗はずっと視線を逸《そ》らすことになる。

「会場はどこ？」

「こっちです……」

なつめの言葉に我に返り、沙苗は会場へと歩き出す。

「あ、待って」

なつめが声を掛けてくる。何だろうと沙苗がなつめを見ていると、彼は沙苗の手を優しく掴《つか》むと自身の腕に絡ませた。

「ここからは恋人のフリ、でしょう？」

真冬だというのに体温が上昇し、心臓が煩いぐらいバクバク鳴りだした。

（は、破壊力がヤバい……！）

耳まで赤くしながら会場に向かっていくと、人だかりの中に大きなクリスマスツリーが見えた。周囲に出店が並び所々で賑《にぎ》やかな声が聞こえてくる。

「わあ、盛況だねえ」

「はい。うまくいっているようですね」

時間をかけてイベントを設営してきたことを考えると沙苗としてもホッとした。修平のため、という事実は不本意ではあるものの、多少なりとも手伝った仕事が成功している様子を見られて嬉《うれ》しかった。

なつめと二人でイベントの出し物を見て回る。サンタとの撮影会からシャンパンの試飲販売、特設したアイススケート場など。

軽食が販売されている露店で小腹を満たしている間に空に星が見え出した。

「あ」

瞬間、街灯に並ぶ樹木や中央に立つクリスマスツリーが音楽と共にキラキラと輝きだし、周囲から感嘆の声が漏れる。壮大な音楽と鈴の音、そして光の洪水はその場の雰囲気を盛り上げる。

「沙苗！」

名を呼ばれ振り返ると、そこには春子が立っていた。彼女もまたイベントに合わせてチェックのワンピースを着ており、いつもより華やいだ格好をしていた。

「春子、もう来てたんだね」

声を掛けるも、春子からの返事はない。不思議に思い彼女の視線を見て気づく。春子はなつめに見惚れているのだ。

「ああ。貴方《あなた》が春子さん」

春子の名を聞いてなつめの表情が綻ぶ。そういえば修平とのいきさつを説明する中で、沙苗が春子の名を出していたことを思い出した。

「こんばんは」

「えっえ……」

動揺が隠しきれず顔を赤らめる春子に沙苗は頷《うなず》かずにはいられない。

（そうでしょうそうでしょう……こんなイケメンに笑顔を向けられたら何も言えないって）

「葛葉なつめです。今日はよろしくね」

「はっはい……！」

ああ、友人が陥落した。目がハートに見える。が、さすがしっかり者の彼女は呆《ほう》けていた意識を取り戻し沙苗に顔を向けた。

「なつめさん最高ね。それはそうと沙苗。今日の服、すっごい良《い》いわ。いつもそれだけ綺麗にして仕事に来ればいいのに」

「この格好に一時間掛かったのよ？　毎日やってたら時間が足りないわよ」

「何言ってるの。その格好で笑顔で仕事をお願いしたらチョロい奴なら頷いてくれるわよ。まあ、そういう手口はあの子のやり方だから、沙苗がやるとは思えないけどね」

あの子とは町田奈々のことだろう。春子は視線を後ろに向ける。

「あいつらはあそこよ。仕事放置してデートに夢中なようよ」

「……………」

イベントの設営は専属の業者や出展しているスタッフが行うため、企画者が手を動かすことは少ない。それでも、主催でイベントを設営した担当がスケジュールや状況を確認せず遊んでいるのであれば、見過ごせない事だった。

沙苗が視線を向けると、目当ての人物がいた。腕を組み恋人同士にしか見えない二人。可愛《かわい》らしいピンクのスカートに白のダッフルコートを着た奈々と、彼女と密接して語りかける修平の姿。

「沙苗さん」

名を呼ばれ顔をあげる。憂うような灰白色の瞳が沙苗のことを覗《のぞ》き込んでいた。

「辛《つら》いなら止《や》めてもいいんだよ」

「…………いえ」

沙苗は首を振る。

「敵前逃亡なんて絶対に嫌です」

なつめに向けて沙苗は笑顔を見せた。イルミネーションの輝きが映りこんだ瞳は輝いていた。

じっと沙苗を見つめていたなつめが目を逸らす。その口元に手を置いて視線を逸らしているなつめの顔が微かに赤らんでいる。

「……困ったなぁ、ますます好きになりそう」

口元が押さえられていたためにちゃんとは聞こえず聞き返すも、なつめは咳《せき》ばらいをすると自身の手袋を外しポケットにしまう。

「勝利、摑んで帰ろうね」

わざと指輪が見えるように手袋を外したのだと分かり、沙苗も手袋を外す。

「……はい！」

恋人のように手を重ね合わせ、二人でゆっくりと歩き出す。

二人の世界を作っている修平と奈々の前に立つと、深呼吸してから沙苗は口を開いた。

「勝山さん、町田さん」

沙苗に声を掛けられた奈々と修平が同時に沙苗を見た。

「お疲れ様です」

どうにか笑みを浮かべながら挨拶をしたが、返事は無かった。

二人の表情が驚いた様子のまま動かない。

信じられないとばかりに二人は沙苗となつめを見る。修平の目は見開きながらも、微かに頬が赤い。奈々の視線はといえばなつめに釘付《くぎづ》けになっていた。

「さ……沙苗？」

「え？」

余裕があるように見せるため、笑顔で沙苗が言葉を続ける。二人の驚いた表情を見ていると、少し気分が晴れた。

「イベント大盛況だね。二人は休憩ですか？」

「えっあ……ああ。そうだよ」

先に平静を取り戻したのは修平だった。僅かに崩れた笑顔を沙苗に向けてくる。が、すぐになつめを見上げる。

「えーっと……沙苗。彼は知り合い？」

(別れておきながら下の名前で呼ぶんだ……)

別れて分かる相手の無神経さ。別れたからこそ気づいてしまうのかもしれない。

「沙苗さん。僕が自己紹介してもいい？」

二人に聞こえるような耳打ちでなつめが尋ねる。耳元で囁《ささや》かれる低音に沙苗は動揺しそうになるのを堪えつつ微笑《ほほえ》みかけた。

承諾の意と理解したなつめが修平と奈々の前に出ると、半月のように目を細め、整った唇が半円を浮かべた。

「初めまして。葛葉なつめです。沙苗さんとお付き合いしてます」

ゆっくりと丁寧に告げる短い自己紹介は、確かに二人の耳に届いた。修平は顔を青褪《ざ》めさせ、奈々は愛くるしい顔が崩れるほど眉間に皺《しわ》を寄せていた。

(ああ……どちらも顔が物語ってる)

『あり得ない!』と。

「ねえ、沙苗さん」

挨拶をさっさと終わらせたなつめが物憂げに沙苗を見つめてくる。

「どうしたの?」

「んー……僕も沙苗さんのこと、呼び捨てしてもいい?」

「え」

「だってさ、同僚とはいえ恋人でもない人が沙苗さんを呼び捨てにしているのに、僕が呼び捨てじゃないのは……妬《や》けるかも」

(演技ですよね? 演技なんですよね!?)

顔どころか耳も首も赤くなるぐらい、身体《からだ》に熱が走った。どこか拗《す》ねたように見える表情も、甘えたような声色も自分に向けられることが信じられなかった。

「ね、ダメ? 沙苗」

たった一言呼び捨てされただけなのに、沙苗は敗北を頭の中で宣言した。奈々と修平に勝てても、葛葉なつめという人に完全敗北だ。

恋人繋《つな》ぎをしてくるなつめの手を見せつけるように握りしめた。

「いいよ」

「よかった。沙苗も僕をなつめって呼んでね」

ウインクで求められたら演技じゃなくても「喜んで！」と承諾してしまう。なんてことを頭の中で妄想していると、「まあ！」なんて甲高い声が響く。

「なつめさんって仰《おっしゃ》るんですかぁ。可愛いらしいお名前ですね。東さんとはどういうお付き合いなんですか？」

一歩近づいて奈々が聞いてくる。なつめにだけ視線を向けており、まるで沙苗が視界に入っていなかった。

（え？　約束、もしかして忘れてる？）

沙苗に対し、『連れてこれるなら連れてこいよ』と挑発するように言ってきたのだから、明らかになつめが沙苗の恋人として訪れているのだと見て分かるのに。

（この人、まったくもって彼が私の彼氏だって信じてない！）

「どういうって言われても……」

沙苗の腰元になつめの手が添えられる。と同時に髪に軽く唇を押し当てられた。

「僕は沙苗の恋人だよ。つまり、お付き合いという意味も分かるよね」

（な、なつめさん！　やりすぎっ！）

沙苗は自分の髪に触れたなつめに意識が飛び過ぎて何も言い出せなかった。援護することも出来ず顔を真っ赤にして硬直していた。

「僕……沙苗からは今日、恋人を連れてきてほしいとお願いされたって聞いているよ……。

君がお願いしてきた町田さんだよね？」

言葉に温度があるのならば、今のなつめの声は大分冷え切っている。

「は、はい。そうです……」

「だよね。沙苗と交わした約束のこと……忘れちゃった？」

絶対零度の言葉というものがあるのなら、まさしく今のなつめの発言だ。穏やかに語り掛けているはずなのに、空気が凍《い》てつくような冷たさを感じさせる。奈々を見つめる瞳は静かに見据えている筈《はず》なのに、捕食するように鋭い。

「そ……そんなことありません。東さんにこんな素敵な彼氏さんがいるなんて意外だなって」

真正面からなつめの冷たい視線を浴びた奈々は慌てた様子で首を横に振る。

「そう？　僕の方が沙苗に相応《ふさわ》しくなるために必死だよ。沙苗の恋人が僕だって、皆さんに知って頂くことが出来て良かった。僕を誘ってくれてありがとう、沙苗」

甘い声で沙苗に囁いてくる。沙苗は緊張しつつも、バレないようにと心の内で叫びながら頷いた。

「こちらこそありがとう、なつめ。貴方と一緒に来れて良かった」

（このぐらいすれば、十分よね？）

お揃《そろ》いの指輪を見せつけるように手を握り締め合う。

そうして隣を見れば、硬直した顔が二人並んでいるのが見えて沙苗は胸を撫《な》で下《お》ろした。売られた喧嘩《けんか》は圧倒的勝利を収められたと確信した。ざまあみろ、とは思わない。ただこの日を限りに、完全に修平という人間を過去の人間に出来たことが自分にとって何より嬉《うれ》しかった。

差し障りない会話を終えてから二人に別れを告げて、沙苗となつめは歩き出す。

「本当にありがとう、なつめさん」

「え、呼び捨てにしてくれないの？」

目に見えて寂しそうに見つめられてしまう。

（演技はおしまいじゃないの⁉）

「いや、でも……もうあの二人はいないですし。なつめさんに」

「なつめ」

「な……つめ……」

圧に押され呼び捨てにすれば、満面の笑みで沙苗を見つめながら「なあに？」なんて聞いてくる。

（反則すぎる……）

顔を直視できなかった。

中央に立つクリスマスツリーを眺める沙苗となつめの後ろ姿を、冷ややかな眼差《まなざ》しで見つめる人影があった。

町田奈々である。

(何で冴《さ》えないあの女があんなにカッコいい男をひっ捕まえてくるのよ……!)

予想外だった。あり得るはずがなかった。

会社でも地味、真面目、仕事人間で通っている東沙苗。それでも仕事が出来るからこそ頼りにされる彼女の存在自体が奈々は気に喰《く》わなかった。

奈々は顔だけで世の中を渡ってきた。困った顔をして頼ればすぐに誰かが助けてくれた。

修平に対しても、社内で仕事が出来ると言われている若手の先輩という点で興味を持った。顔も良かったし奈々の事を可愛《かわい》いと褒め、何より従順だった。更に面白かったのが、修平の恋人が東沙苗ということだった。

(あんな冴えないくせに修平さんが彼氏なんてもったいない)

そう思い、去年のクリスマス頃からアプローチを続けてきた。接点を作り、会話を広げ、相手が喜ぶ言葉を紡げば坂道を転がるように修平は奈々に夢中になった。

今年のクリスマスを直前にして正式に恋人になろうと思い至ったのは、修平が会社で一番評価が高かったからだ。それに、沙苗が修平に振られる哀れな姿を想像するだけで楽しかった。思いきり惨めさを味わわせて優越感に浸りたかった。

けれど現実は違った。

（どうして私が惨めな思いをしなきゃいけないの！）

沙苗が恋人を連れてくるなど、出来るはずがないと思った。だって、彼女は修平と付き合っていたのだ。

もしかしたら彼氏役の役者でも雇ったのかもしれない。否、きっとそうだ。

奈々はスマートフォンを取り出し遠くから、バレないようになつめに向けてフォーカスを合わせる。

（彼の顔をネットで上げたらすぐに素性も分かるはず……！）

そうしたらレンタルで彼氏を雇ったことを大笑いしてやろう。

そこまで考えながらシャッターを押そうとした、が。

「………え？」

奈々は人混みの中から隠れて撮影をしている。しかも距離はだいぶ離れているから、こちらはズームをしてようやくなつめの顔を捉えられる程度だ。

なのに、どうして。

（どうしてこっちを見てるの……？）

まるで撮影されていることを知っているかのように、なつめは奈々の方角を見つめていた。スマートフォンの画面に映るなつめに、まるで射止められているように視線が重なる。

距離は遠いのに、こんな暗闇で向こうから奈々の姿なんて見えない筈なのに。

確かになつめは奈々を見ていた。

(怖い…………!)

震える手のまま、目を閉じながら一度だけシャッターを押す。パシャッと撮影を確認してすぐ画面を閉じて背後に駆け出した。

早くなつめの視界から離れたい、今すぐに！　恐怖から足も速くなる。

「はあ……はぁ……」

建物の中に入り、急いでパウダールームに駆け込む。まばらな人の中、震える手でスマートフォンを開く。微《かす》かに期待を抱きながらアルバムを開いた。

「え……なに、これ……」

一枚だけ収めたはずの写真画像には、何も映っていなかった。

そこには真っ暗な画面だけがあった。

「嘘《うそ》でしょ？　試した時はこんな風には」

ならなかった、と口にしようとした時。

真っ暗な画面の奥で、何かが動いた。

え？　と声をあげようとしたが出なかった。

暗闇の中に、獰猛《どうもう》な目が映りこんだ。縦長の瞳孔。吊《つ》り上《あ》がった眦《まなじり》の中は金色に光り、確かに奈々を見据えた。

「ひっ……！」

異質な何かと目が合った恐怖から思わずスマートフォンを落とす。パウダールームに硬質な音が響いたと同時に、微かに液晶の割れる音がする。

「なに、何……？　なんなのよぉ……」

全身を狙われたような恐怖。何処《どこ》にも、何もいない筈なのに、見えない暗闇の中からいつ襲い掛かられるのではないかという、生理的な恐怖から身体中が震えていた。

縮こまりながらスマートフォンを拾い上げれば液晶画面は無残にも割れていた。ショックを受けながらもパスコードを押して画面を開く。

恐る恐るアルバムの画面を見ると、真っ黒な写真が映りこんでいたはずの画面に、単調なメッセージが残されていた。

『削除しました』。

「はぁー、こんな風にゆっくりクリスマスを過ごすのっていつ以来だろ」

イルミネーションがキラキラと輝く光景を前に沙苗はベンチに座っていた。手にはホットワイン。実は二杯目となるワインに気分は最高に良かった。

奈々と修平に軽く挨拶を告げてから別れる瞬間、一度だけ修平に呼び止められた。まるで何かを名残惜しそうにしている様子だったが、早々になつめが「寒いから早く行こう」と促してくれたため、結局別れを告げるだけで終わった。

(あの時、何を言うつもりだったんだろうね)

ホットワインの入ったグラスをくるくる回しながら沙苗は足を組む。

(仕事のこと？ 前みたいに手伝ってよ、とか町田さんにもう少し優しくしてあげて、とか？ まさか綺麗《きれい》だね、なんて言ってくるとは思えないし)

ふと、隣に座っているなつめがワインを一口飲んでいる姿が目に入る。沙苗が自分を見ていると気が付くと、視線を向けて微笑《ほほえ》んだ。

「ホットワインって結構美味《おい》しいんだね」

「そうだね。寒いから温かいものが飲みたくなる」

つられて沙苗も一口。喉を通る微かに温かい赤ワインは甘く飲みやすかった。

「……………最後、ごめんね。元彼さんとの会話を邪魔して」

なつめがあからさまに修平との会話をさえぎっていたと思ったが、どうやらわざとだったらしい。

「ううん、いいんです。なつめさんは心配して下さってそうしてくれたんでしょう？」

「んー……半分その通りで、半分は牽制《けんせい》かなぁ」

「牽制」の辺りに苦笑しつつも沙苗がワインをもう一口飲むと、グラスは空になった。

「……もし彼と話をするなら、『嫌な事もあったけれど、いい思い出もあったこと忘れないよ。貴方《あなた》もお幸せに』って言ってたかな」

ファミレスで告げられた時、ちゃんと別れの区切りを付けられなかったことを思い出す。だから、もしあの場で会話したとしても、きっと別れの挨拶をしただろう。

「それはそれは……敵ながらご愁傷様ってところだね」

楽しそうに笑うなつめがグイッとワインを飲み干して立ち上がると沙苗の空になったグラスを手に取った。

「もう夜も遅くなってきたから、帰ろうか」

イルミネーションとサンタソングが流れるクリスマスの夜。グラスを片付けたなつめが沙苗に手を伸ばしてくる。

手を繋《つな》ぐのだろうか？　と思っていると、途端抱き上げられた。

「へ？」

気が付けば姫抱っこされていた。

「ちょ、ちょっとなつめっさん！」

「なつめ」

「そんなことより、何ですかこれ！」

周囲の視線が痛い中、平然となつめが沙苗を横抱きしながら歩いていく。

「気付いていないと思った？　靴ずれしてるでしょう？」

「あ……いや、絆創膏《ばんそうこう》ありますから！」

普段履きなれないショートブーツの中でかかとが擦れて痛んでいたのを、誤魔化しながら歩いていた。

「タクシー乗り場までの間だけ」

「うう……せめておんぶにしてください」

二十代後半でお姫様抱っこは羞恥プレイ以外の何物でもない。

観念したかのように告げる沙苗に笑いながら、それでも言う通りおんぶに変えてタクシー乗り場に向かった。

背中から伝わるなつめの体温は、ホットワインよりも甘くて温かかった。

タクシーに乗って沙苗の家に帰宅する。なつめは最後の最後まで沙苗を背負っていた。

扉の鍵を代わりに開けて貰《もら》い中に入る。丁寧に玄関へ下ろすと沙苗の手を制してなつめがショートブーツを片方脱がす。終えると、もう一方も同じように脱がせてくれる。

甲斐甲斐《かいがい》しく世話をしてくれる様子を沙苗は黙って見つめていた。どうして、と繰り返し思う。

（どうしてこんな風にしてくれるの？）

これが詐欺だとしてもお釣りが出るのではないだろうか、なんて冗談にも思ってしまう。

「手当てするために家に上がるね」

止めるより前に抱き上げられると丁寧に運ばれ、椅子に座らされた。絆創膏や消毒液の場所を聞かれたため伝えると、手際よく取り出して足を消毒してくれた。

「随分頑張ったんだね。お疲れ様」

「…………うん」

何気ない労《いた》わりの言葉が心に染みる。

「……そういえば、なつめのお願い事の話を聞いてもいいかな」

「あ、いいの？　お願いしても」

「私に出来れば……」

彼が約束した時に言っていた願い事、そして困っていること。

尋ねるのであれば今しかないと思い彼を見れば、絆創膏の包装を剝がしながらなつめはいつもの笑顔で告げた。

「僕、帰る場所が無いから沙苗の家に居候させてほしいんだ」

「…………は？」

他愛ない会話の延長線上のように、なつめが告げる。

沙苗の踵《かかと》には、左右お揃《そろ》いの絆創膏が丁寧に貼られていた。

二章　春雨頃の同棲暮らし

目覚まし時計のアラームが喧《やかま》しく音を鳴らす。時計の時刻は六時三十分。毛布に包《くる》まった沙苗《さなえ》は身動きせず夢の世界にいた。必死に起きろと騒ぐ目覚まし時計の努力も虚《むな》しく、沙苗は一向に起きる気配がない。

昨夜、帰宅したのは夜の十一時を過ぎた頃だった。夕食と入浴を済ませると深夜一時を回っていた。十分に睡眠が取れず、いまだ布団から離れたくない沙苗はモゾモゾと布団の中で身体を丸めた。

ふと、静かに寝室の扉が開く。薄暗闇に包まれた部屋に開いた扉から光が射《さ》す。騒がしく鳴り響いていた目覚まし時計のボタンを誰かが押すと、部屋は静寂に包まれた。

布団の中で丸まる沙苗の耳元に橙色《だいだいいろ》の髪がゆっくりと近づいてくると、

「おはよう、沙苗。朝だよ」

低い声色が優しく囁《ささや》いた。

その声一つで一瞬にして覚醒した沙苗は、慌てて飛び起きて寝室の壁にぶつかった。

「部屋に入ってこないって言ったじゃないですか……！」

耳を塞いで布団にくるまった状態の沙苗が、顔を真っ赤にしながら抗議の声をあげるが、

「朝、五分経《た》っても起きない場合は起こしに来てもいいって約束もしたでしょう？」

沙苗のスマートフォンの画面を見せてくるなつめの表情はいつものように楽しそうだ。

液晶画面に表示されている時刻は六時三十六分。約束の五分を超えていた。

「…………ありがとうございます」

寝ぐせのついた髪のまま、沙苗は頭を下げた。

ここ最近毎日同じ光景を繰り広げていることを理解しながらも、それでも起床できない己の寝起きの悪さを呪いたくなった。

クリスマスから一ヶ月経った今。月の頃は一月の下旬。

なつめとの共同生活が始まって、もう一ヶ月以上経っていた。


遡ること、クリスマスイベント終了後の自宅にて。

「帰る場所が無いから沙苗の家に居候させてほしいんだ」

事も無げに言い放ったなつめの爆弾発言に、勿論《もちろん》沙苗は反対した。

恋人関係でもない二人が同棲《どうせい》生活なんて、出来る筈《はず》がないと。しかし。

「前にも言ったけれど、僕達って沙苗がお願いした神様によって引き合わされたって説明

したよね」

「う……うん」

沙苗がとある神社で願った『カッコよくて優しくて超ハイスペックな旦那様』。その願いによって現れたのがなつめだった。

新手の詐欺か何かと思ったものの、なつめは一切そんな素振りがなかった。

彼曰《いわ》く、本当に神様に願った結果、沙苗と引き合わされたというのだ。

「で、まあ。神様っていうのは中々強引なところがあるらしく、ちょっと困ったことになってて」

「困ったこと……」

そういえばお願いを言ってきた時になつめは「困っていることがあって」と言っていた。

「うん。僕ね、住む家が無くなっちゃったんだ」

「住む家が……無くなった？」

とんでもないことを飄々《ひょうひょう》と言ってくる。

「なんかねえ、僕の家が無くなっちゃったんだよね」

困ったね、なんて困ってなさそうな声で言われても。

「住所不定になってるじゃないですか！」

「はは、まあそうなんだよ」

「笑い事じゃないです！　今までどうしてたんですか⁉」

「ビジネスホテルが駅前にあるからそこに泊まってるよ」

とんでもないことを言っている。ありえない。ありえないんだが。

愕然《がくぜん》とした沙苗の表情を見て全てを悟ったのかフォローしてきた。

「元々家に何か物を置いておくような生活をしてなかったから別に困ってはいないんだけど、さすがに毎日ホテル暮らしなのはちょっと困ってて」

「どこか借りたらいいじゃないですか！」

「そうしようとするとね、何故《なぜ》かその不動産会社が潰れるんだ」

とんでもなく恐ろしい事を言い放った。

「これは多分神様の強制力というものだと思う。何としても夫として沙苗と過ごすようにしてると思うんだよ。だから、申し訳ないんだけど君の家に居候させてもらえないかな」

「そんなことあり得ないです……」

口では言いながら、けれど本当だったら？　とも思う。

もしなつめの言うことが真実だとすると、沙苗が無理にでも物件を借りた時に起きるリスクが怖くなった。軽はずみな行為で一つの会社や事務所を潰すことだけは避けたい。

「ね？　ちょっと困ったことになってるだろ」

「ちょっとどころじゃないですよ～……」

何なんだ、その神は。疫病神ですか？

「勿論、沙苗の望まないことは決してしないよ。僕自身無理を言っていることは分かってる。でもね」

ひと呼吸置き、なつめは真剣な眼差《まなざ》しで沙苗を見る。

「僕は君が好きだから」

好きだと言われ、沙苗の心臓が跳ね上がった。

「きっかけが神様へのお願いであっても、僕自身が君に惹《ひ》かれているから。少しでも僕の事を知ってもらえる機会があるなら使いたいって思ってる。それが神のお導きだとしてもね。お導きって言い方だとちょっと違うか。思《おぼ》し召《め》し？」

どちらもさして変わりないように思うが口にしなかった。

「だから、住み込みの使用人とでも思って一緒に暮らそう？」

と、いうことで暮らすことになったのだが……

「やばすぎる」

思わず声を漏らした。

「何が？」

キッチンでコーヒーを淹《い》れているなつめが聞いてくる。

テーブルに並べられた彩りある朝食。朝の日差しを全身に受け止めている洗濯物。ゴミ出し準備を終えたゴミ袋は玄関でスタンバイし、主人の出発を今か今かと待機していた。

コーヒーを淹れ終えたなつめがお揃いのマグカップを持ってリビングにやってくる。今日のメインはホットサンド。サクサクに焼けたパンを頬張れば、中からジューシーなベーコンにとろりと溶けたチーズが口の中で広がってくる。美味《おい》しい。

「この生活が快適すぎてやばすぎるって言ったの……」

仕方なく居候を許可した翌日から、沙苗の生活は一変した。

毎朝起きれば用意された朝食。洗濯済みで畳まれた衣類。補充される生活用品。フローリングには埃《ほこり》一つ落ちていない。

(なつめのいる生活が最高に快適すぎて……っ、自分が堕落してしまう!)

なつめと共に暮らし始めてから沙苗は一度も朝食を作っていない。たまには自分が作ろう、なんて気合いを入れてみても寝起きの悪い沙苗がなつめに勝てる筈もなく、結局起きたら朝食が完成しているのだ。

居候をすることになったとはいえ、沙苗の家は決して広くない。女性の一人暮らしとしては多少広めの1LDK。元々寝室として使っていた部屋で沙苗は寝て、なつめはリビングで寝ているらしい。

（寝ている姿を見た事がないけれど）

多忙な仕事で帰りが遅くなろうとも、必ずなつめは起きて待っている。疲れ果てた沙苗に「おかえり」と声をかけ、遅めの夕食を温めてくれる。そして入浴の準備までしてくれている彼は理想的すぎた。速攻懐柔された。

そんな完璧な彼に対しても、これだけは、というルールは決めている。たとえば沙苗の下着とか見られたくない衣類の洗濯のことなど気を遣う部分もある。それだけは沙苗だけが洗っている。

二人暮らしになると生活スペースも狭くなってうまくいかないかもしれない、なんて心配は杞憂《きゆう》だった。

何故なら一日のほとんどを、沙苗は会社で過ごしているからだ。

「仕事がもう少し落ち着いたら私も朝食作るから……」

ミニトマトをフォークで刺しながら沙苗は溜息《ためいき》を吐いた。

今、沙苗は仕事で忙殺されていた。夏の大型イベントを検討している大手取引先に対し、企画提案の書類を作成しているのだ。イベントコンセプトに合わせた企画を立案し、更に具体的な内容をまとめた資料を作成することが沙苗の所属する企画運営グループの仕事だ。

「気にしないでいいって。僕がやりたいからやってるだけだよ」

コーヒーをゆっくり飲みながらなつめが笑う。

（こんな風に、当たり前みたいに一緒にご飯を食べるようになってもう一ヶ月かぁ）

相変わらずなつめはミステリアスで、綺麗《きれい》で、沙苗に優しい。

（まさしく私の望むカッコよくて優しくて超ハイスペックな人……）

なつめに出会って過ごしている間に、ありえないと思っていた神社の出来事を、「きっと本当のことなんだろう」と思うようになった。

本人曰く、「神様によって届けられた」なつめは、言葉通り気付けば神社で沙苗の隣に居た、らしい。そして、誰に告げられたわけでもなく沙苗の願いと、その願いを叶《かな》えるために自分が呼ばれたことを知ったのだという。

「そんなわけあるかって思うだろうけど、でも沙苗をひと目見たら『あ、本当なんだ』って思ったんだ」

当時を懐かしむように笑うなつめを前に、沙苗は何も言えなかった。

向かいの席で食事をするなつめの指にも、相変わらずお揃《そろ》いの指輪が嵌《はま》っている。なつめ自身は不自由にも思っていないらしく、外したいといった言葉を聞いたことがない。

「沙苗。そろそろ時間だよ」

「え？　あ、本当だ」

テレビに映る時刻は七時半を超えていた。

「ご馳走様《ちそうさま》でした！」

「食器はそのままでいいよ」

何から何までお世話されている。

ありがとうと告げてから急いで支度を整える。

化粧をしている間に聞こえてくる食器を洗う音。

（前はお皿なんて付け置きしっぱなしだったなぁ）

以前の荒れた部屋を思い出し苦笑する。

化粧と出かける支度も終えた沙苗が玄関に向かう。最後に腕時計を着け忘れていたことを思い出し、着けようとするが、なかなか着けられない。

「沙苗。貸してごらん」

見かねたなつめが腕時計を預かると、沙苗の左手首に着けてくれる。細いながらも男性の骨ばった指先が手首に当たる。

「はい、出来ました」

「ありがとう……」

「どういたしまして。あと、コレも」

渡されたのはまさかのお弁当。

「コンビニのお弁当ばかりだと飽きるでしょ」

「うう、本当にありがとう……」

忙しい沙苗の最近の昼食が、会社近くのコンビニ弁当であることを話してはいたけれど、まさかお弁当を作ってくれるなんて。

大事に鞄《かばん》にしまい、玄関を開ける。

「行ってきます！」


沙苗の一日は忙しい。

メールチェック、取引先とのやりとり、新しい企画の立案、スケジュール調整、社内の手続きその他諸々《もろもろ》。とにかくやることが多かった。

（それもこれも……）

沙苗はキーボードを叩《たた》きながら斜め向かいに座る課長の姿を一瞥《いちべつ》した。そこでは恰幅《かっぷく》がよく、まだ春も迎えていない時季から暑そうに汗をかいている課長の戸山《とやま》がパソコンを眺めている。キーボードを叩く様子はなかったが、突然にやけ、何かを打ち込みはじめる姿を見て、沙苗は溜息を吐いた。

戸山は一月から沙苗の部署に異動をしてきた課長だ。一月に起きた人事異動によって沙苗の所属している部の部長と課長が変わったのだ。部長は海外の仕事で三月まで戻ってこないため、沙苗の部署を仕切っているのが課長である戸山になるのだが……

「東《あずま》さん」

　タイミングが良《い》いか悪いか、戸山に名を呼ばれ沙苗は彼のデスクに向かう。

「この間言ってた案件の資料さぁ、もう三日掛かってるけどまだ？」

（締め切り来週でお願いしますって言ったよね？　新しく作る必要があるから先方にも一週間頂くってお伝えしてあるんですけど？）

「あと二日もあれば先方にお渡しできます」

「ちょっと時間掛かり過ぎだよね。まあいいや、出来たら自分に出してくれる？」

「はい」

「あとさ、さっき申請で出してた備品の予算取り過ぎじゃない？　内製で進めたらもっと安くなるんじゃないの？」

（内製でやるのも外注でやるのも費用が変わらないなら、慣れたプロにお願いした方が効率が良いって申請書にも資料添付してるんだけど⁉）

「今の時期ですと内部の社員確保の方が調整が厳しいので、このまま外部にお願いして進めたいのですが」

「困るんだよねぇ。予算を決めるのはこっちだから。もうちょっと価格下げるか内製で調整してくれるかな」

目線も合わせず戸山はあっさりと告げる。

沙苗は眉間に青筋を立てながらも笑顔のまま「分かりました」とだけ告げる。

最近、全ての仕事においてコレである。とにかく口を挟まれてしまうのだ。そのくせ、代替え案をもらえず、二言目には「もっと安く出来ないの？」である。

（安いから良いってモノじゃないのに）

決して沙苗も好き放題使っているつもりはない。昨年と比較して相見積りもするし削減できるところは削減しているが、減らせない部分はしっかりお金を掛けている。そうしなければ顧客が満足できるクオリティを提示できないからだ。

戸山の意見や態度に、顧客や部署から不満の声も出始めている。沙苗はどうにか丸く収まるように、代替え案を探すことに時間を掛けなくてはいけなかった。

（それにしても……何で戸山課長はこんなに私に当たりが強いんだろう）

配属してきてから目に見えて分かるぐらい、戸山は沙苗に厳しかった。やたら沙苗に対して無理難題を告げてきたり否定的な発言をしてきたりするのだ。

他社員に対しても対応が良いわけではないが、少なくともこうして呼びだして他社員のいる前で実力を否定するような言い回しをするのは、沙苗にのみだ。

「ああ、そういえばこの仕事もお願いできる？　なるべく急ぎで」

突然資料の束を渡される。

「いや～みんな忙しいからさ。でも東さんなら出来るでしょ？　やり手なんだから」

（あ、これは）

露骨に嫌がらせをされているかも。

「…………失礼します」

束を無言で受け取った。資料の表紙を見てみれば、毎年行われる赤字スレスレな仕事。もし、目の前にいる課長が真っ当な上司であれば、沙苗が今大型の新規取引先の仕事に追われて手一杯である状態を知っている筈《はず》なのだ。毎日休憩も取れずに遅くまで沙苗が残っていることを知っているにもかかわらず、それでもなお仕事を押し付けてくると言うことはすなわち、

（嫌がらせを受けているわ）

どうやらこの仕事は彼の中で沙苗がやることが確定らしい。

（頭が痛くなってきた……）

席に戻るとそのまま頭を抱えた。

「た……ただいまぁ…………」

ノロノロと自宅の扉を開けて帰宅するとリビングからなつめが急ぎ足でやってきた。

「遅かったね。迎えに行こうと思っていたところだよ」

なつめをよく見てみれば、確かに春物のコートを着ているところだった。

「ありがとう……連絡を入れておけば良かったね」

「お疲れ様。お風呂先にする？　ご飯がいい？」

「それ、新婚のやつだね……ふふふ」

だいぶ疲れているらしく思考が朦朧《もうろう》としている沙苗を見て、「うん、まずはお風呂だ」と判断したなつめはさっさと沙苗を脱衣所に連れていった。

「お湯張ってあるから、ゆっくり浸《つ》かっておいで。でも、居眠りはダメだよ」

それだけ告げると扉を閉めた。一人きりになった脱衣所でぼんやりとお風呂場を覗いてみれば、温かな湯気とほのかに入浴剤の香りがする。

「至れり尽くせりとはまさにこのこと……」

ゆっくりと衣服を脱ぎだした。

身体を洗って湯船に浸かり、意識を失いかけつつもお風呂から出る。一人で暮らしている時から沙苗の衣類や下着類は全て脱衣所に収納しているため、適当に見繕って寝巻に着替える。

まだ雫《しずく》が垂れる髪にバスタオルを被《かぶ》せながら脱衣所を出れば、食欲をそそる味噌汁《みそしる》の匂いがした。途端、身体は正直でお腹《なか》が鳴った。

「夜も遅いからおかずは明日の朝食べようね」

ラップに包まれたハンバーグが冷蔵庫にしまわれる。確かに十二時を過ぎる直前の時間帯にハンバーグはヘビーだ。

「今日はいつもより帰りが遅かったけれど、急ぎの仕事でもあったの？」

お茶を注ぎながらなつめが尋ねる。

「そうだね……急ぎというか、仕事の量が増えたというか」

「身体を壊さない程度に収められるといいんだけど……はい」

淹《い》れ立てのお茶を差し出され、手に取る。温かなお茶を一口飲むとお茶の苦味がほど良く、胃に丁度良い。

（家事分担、圧倒的になつめが多くなってるなぁ……）

なつめの家事は完璧だった。沙苗の帰宅時間が不規則でも、温かい食事が用意され、今のようにお風呂まで準備されている。買い物もなつめによって全て済まされていたため、最近沙苗は家事に時間を取られた記憶がない。

なつめの仕事に影響しないかと尋ねてみれば、「不定期に発生する仕事だから時間に自由が利くんだ」とだけ言っていた。具体的な仕事内容は守秘義務になるのか説明は無かった。あまり、聞いてはいけない仕事と思って聞いていない。

（人の事を詮索するのもなぁ）

悶々《もんもん》としつつ食器を片付けていると、「沙苗さんこっちにおいで」となつめに呼ばれる。

振り向けば、いつの間にかリビングに布団が敷かれていた。共に暮らすことが決まったときに、なつめが買ってきた彼の布団だった。

何か話でもあるのかと手を拭いて布団の前に座る。

「どうしたの？」

なつめはニコニコしながら布団を指差す。

「ここに座って足を伸ばして」

「え……こう？」

よく分からないまま足を伸ばしながらなつめを見上げる。

数分後。

「い……痛い！　ストップ……！」

「やっぱり肩がだいぶ凝ってるねぇ」

沙苗は布団に横たわりながらのたうちまわる。その足元では、彼女の足の裏を指圧するなつめの姿があった。なつめは沙苗の右脚を自身の膝の上に乗せ、足の裏を親指で押す。その度沙苗から声にならない悲鳴が聞こえてくる。

「ずっと座りっぱなしだと足が浮腫《むく》むし、血行も良くならないからもう少しだけ頑張って」

「はいぃ……」

痛気持ち良い程度のマッサージに沙苗は溜息を零す。確かに血行が良くなっているようで、入浴の効果もあり身体が温かい。

両足を終えると、なつめは沙苗をうつ伏せにさせて肩から腰にかけてマッサージを始める。まるでプロのようにうまい施術に沙苗の身体は弛緩《しかん》していく。

「はぁ……生き返る……」

気の抜けた沙苗の声に笑いながら手を取り、優しく包み込むと掌《てのひら》を揉《も》み解《ほぐ》す。一定のリズムを刻むように揉まれていく感覚に、沙苗はあっという間に睡魔に誘われていく。

「集中すると休憩せずに働き続けちゃうから、たまに意識して時計を見たりタイマーを掛けて休憩時間を作るといいかもね」

「うん……」

沙苗の腕を取りほぐし続けていくなつめの言葉に沙苗はふわふわしながら相槌《あいづち》を打つ。

ひと通りのマッサージをし終えるとなつめは一息《ひといき》吐《つ》く。

「揉み返しもよくないし、今日はここまでかな。……沙苗？」

返事はなく、覗《のぞ》いてみれば寝息をたてて眠る沙苗がいた。なつめは小さく微笑《ほほえ》んだ。

「不器用だね、沙苗は」

沙苗の頭を優しく撫《な》でながら声を漏らすとなつめは立ち上がり、眠る沙苗をゆっくりと抱き上げた。

横抱きにしたまま寝室に向かう。閉じられた扉の前に立つと、自動ドアのように寝室の扉が開く。灯りも付いていない暗闇の中を歩き、ベッドに沙苗を横たわらせた。毛布を彼女の首元まで掛け、眠る沙苗を見下ろす。その瞳はひどく穏やかだった。

暫《しばら》く眺めるように見つめていたが、小さく笑い「おやすみ」とだけ告げて部屋を出た。

翌朝。

何故《なぜ》自分が寝室で寝ているのか理解が出来ない沙苗は、ずっと首を傾《かし》げながら支度をした。あれだけ長時間働いていたのに、身体は思ったより軽い。

「私、なつめにマッサージして貰《もら》ってたよね……」

以降の記憶がない。まさか。

急いで部屋を出れば、キッチンに立っていたなつめが両手に皿を持って振り返る。

「おはよう沙苗」

「お、お、おはよう……！　あの、昨日って、私寝て……」

寝落ちした私を運んでくれたのですか？　と聞きたかったが、相変わらず爽やかなイケメンを前にするとうまく言葉が出ない。

なつめは皿をテーブルに載せると沙苗の座る席の椅子を引く。皿には昨夜食べ損ねたハンバーグが美味《おい》しそうに載っていた。

「さ、食べよ」

「え……う、うん」

促されるまま流されるまま椅子に座る。「いただきます」と手を合わせ食事が始まる。

「昨日……寝室まで運んでくれた？　ごめんね」

恐らくそうなのだろうと伝えてからなつめを見ると、彼はとびきりに優しい笑みを浮かべて沙苗に手を伸ばす。

「目の下の隈《くま》、取れてる。かわいい」

目の下をなつめの親指がなぞる。なぞり終えた後、目元に掛かっていた前髪を耳に掛けられた。姿勢を戻しなつめが食事を続ける。

微《かす》かに触れられた耳が熱くなる。

（答えになってないよ⁉）

しかしこれ以上聞けず、沙苗はハンバーグを口に入れた。肉汁が口内に広がり、とても美味しかった。

いつものようになつめに「行ってきます」と挨拶をしてから職場に向かう。

職場に着いて早々仕事に取り掛かる。相変わらず仕事の量はおかしいし、届くメールの数もおかしい。打ち合わせは勝手に入れられているし昼食も相変わらず食べる時間がない。

そんな中で唯一の癒《いや》しは、なつめがいつの間にか作ってくれているお弁当だった。

自身のデスクでお弁当を広げれば、食べやすいようにおにぎりと爪楊枝《つまようじ》で食べられる小サイズのおかずやミニトマト。しっかりタンブラーも持たされて、中には沙苗のお気に入りのほうじ茶が入っていた。

（完璧すぎる……）

頬張る高菜おにぎりの味が美味しすぎて泣きそうだ。

「東さん、今からお昼ですか？」

名を呼ばれて顔をあげれば、先日の会議に同席していた同僚の姿があった。

「はい。今から食べようと思って」

「良ければ私達もこれからお昼なんだけど、一緒に食べませんか？」

私達という言葉に近くを見れば、弁当を持っているもう一人の同僚の姿があった。

「良《い》いんですか？　お願いします」

弁当を一度しまい二人の後をついていく。

（こんな風に誘われるの初めてかも）

オフィスの休憩スペースまで移動して三人で席を囲む。二人も弁当を作ってきたらしく手作り弁当を前に手を合わせる。

「東さんもお弁当なんですね。いつも外食のイメージでした」

「あ……最近はお弁当なんです。お二人はいつもお弁当？」

「そう。節約してるの」

「この辺りの外食も飽きちゃったからね」

始めこそ少し緊張したものの、食事をしながら会話をしていく間にすっかり気持ちは落ち着いて会話に花を咲かせていた。

「東さんいつも忙しそうで声かけるのも悪いかなって思ってたんだけど……こうしてご一緒出来て良かった」

声を掛けてくれた同僚が嬉《うれ》しそうに微笑むのを見て、沙苗は慌てた。

「こ、こちらこそ！　こんな風に誘って頂けるの嬉しくて……」

本当に嬉しかった。気軽に声を掛けられるのは春子《はるこ》ぐらいで、更に言えば忙しくてゆっくり昼食を食べる時間も削っていたのも事実だ。

「最近の東さん、雰囲気変わりましたよね」

もう一人の同僚に言われ箸を止める。

「え？　そうですか？」

「あ、それ分かります。またお昼誘ってもいいですか？」

「勿論《もちろん》です！」

勢いよく返事をすると、二人は一瞬驚いた様子を見せた後笑った。

お弁当をつつきながら沙苗は頬が緩んでいるのを感じた。

（嬉しい……）

ふと、少し離れた場所から賑《にぎ》やかな声が聞こえてくる。どうやら秘書チームが一斉に昼食を食べに行くらしい。中に奈々《なな》がいた。

奈々と一瞬目が合うと、奈々に睨《にら》まれた気がするのは気のせいだと思っておく。

クリスマスイベント以来、修平《しゅうへい》とやりとりはしていない。もう彼から仕事の依頼が来ることもなくなった。

あれからひと月経《た》ったところで、最近修平に関して一つの噂《うわさ》を聞いた。どうやらメインで担当していた取引先から外されたらしい。曰《いわ》く、仕事のレスポンスが遅いことに対し取引先からクレームが来たとかなんとか。

（関わりも減ったから実際はどうか知らないけれど……）

以前は気にして声を掛けたりもしていたけれど、そんな気は全くない。それどころか仕事が多忙になりすぎて彼に構う余裕なんて一切ないのだ。

「最近戸山課長が町田《まちだ》さんとランチに行ってるのを見かけた人がいるみたいだよ」

同僚の会話に意識が戻る。

「ああ～……元々贔屓《ひいき》しているの露骨だったしね。この間の打ち合わせも明らかに擁護しているし……困るなぁ」

そんな風に会話をしながら食べ終える。

「東さん今日はありがとう」

「こちらこそ！　今度は私からもお誘いしますね」

二人は嬉しそうに手を振り、打ち合わせがあるからと先に席を立った。

沙苗もお弁当箱を片付け、グッと大きく伸びをする。

「さ、続きを片付けちゃうか」

昨日押し付けられた仕事はさっさと課長に提出をした。今は明日提出しなければならない大掛かりな仕事の資料作りを進めていく。

その仕事は、沙苗にとってもチャンスを摑《つか》める案件だった。新規の取引先であり、一度通れば例年実施できそうな大口取引の企画。そして提案発表も行う予定だった。ここまで大きな仕事に最初から最後まで関わるのは実は初めてだった。いつもサポートや途中からの参加が多かったが、今回は最初から関われることに沙苗自身やる気がみなぎっていた。

相手が満足以上のものを得られるような仕事にしたい。

頰を軽く叩《たた》き、沙苗は仕事に取り掛かった。

ランチを終えた町田奈々は、退屈な同僚との会話に欠伸《あくび》を嚙《か》み殺《ころ》しながらオフィスに戻る。

近頃何もかも面白くない。

仕事が出来て社内でも人気者だった修平の評判がひと月で落ちこんでいくのも面白くないし、クリスマスイベントに現れた沙苗が最近可愛《かわい》いと噂されていることなんて特に気に入らない。

(何であの地味女の好感度上がんのよ)

あまりに面白くないため、奈々は戸山が異動することを知った時一つ罠《わな》を張っておいた。

『東さんっていつも私に冷たいんです……』

仕事の相談だと言って戸山に泣きついてみれば、戸山はすぐに奈々の味方になった。戸山が奈々の上司である専務の取り巻きの一人であることも知っていたため、専務の名をチラつかせたのも効果があったのだろう。

働きアリの如《ごと》く過重労働を課せられた沙苗が忙殺されている姿を尻目に、奈々はほくそ笑むつもりだった。つもりだったのだが……

「全然効果出てないじゃない」

朝早くから遅くまで働けば顔に疲労は蓄積し、身なりもぞんざいになってくるだろうと思っていた。思っていたのに沙苗の姿は変わらなかった。それどころか、以前よりも服装も顔色も良かった。

毎日似たような服を着ていたはずが、今は季節に合わせてコーディネートされている。睡眠が足りていないはずなのに肌艶も良さそうで、以前ならくっきりついていた目の下の隈もない。猫背だった姿勢も良くなった。人から声を掛けられても、焦りや疲れた顔を見せずにやりとりをしている姿を見かけると奈々は眉を寄せた。

確かに沙苗はクリスマスまでの間、正確には修平と別れた頃まではダサく、仕事一筋にしか見えない冴《さ》えない女性だった。だというのに今は違う。

どうしてかなんて、分かりきっている。

奈々はクリスマスの時に見かけたなつめの姿を思い出して身を竦《すく》ませた。

怖いぐらいに綺麗《きれい》だとは思う。沙苗には勿体《もったい》ないし、何なら偽物の彼氏だと思っている。その真実を暴いてやろうと行動した時、得体の知れない恐怖を彼に感じ取った。以来、怖くて近寄りたいとも思えない。

（どうせ、その場限りの男でしょう。あの人にあんなイケメン……ありえない）

彼のような綺麗な人に似合うのは自分ぐらい可愛い女性でないと。

それは当然とでも言わんばかりに、奈々は信じて疑わなかった。

（次のアイデア思いついちゃった）

奈々はスマートフォンを取り出すとメッセージを打ち込む。相手は戸山だった。

返事はすぐさまやってくる。奈々は嫌らしく笑いながら、オフィスへと戻っていった。

「沙苗。ストップ」

帰宅して風呂上がり。会社から持ち帰ったパソコンを開いて作業をしていた沙苗の前に、なつめが立っていた。

早めに帰ったかと思いきや、ひたすら資料作成に没頭する沙苗の様子を見守っていたなつめだが、零時を超えたところで声を掛けた。朝も早々に仕事に出たと思えば帰ってからも仕事を始める沙苗にストップをかけた。

「あまり口出しをしたくないけれど、今日は働きすぎ。目を休ませて」

目元に何かを押し付けられる。ホットアイマスクだ。

「あぁ……」

気持ちよすぎる。眼精疲労がじわじわと癒されていくのが分かる。

「僕の目から見ても沙苗は無理をしている。それが見ていて辛《つら》い」

アイマスクで見えない分、なつめの言葉がよく聞こえてきた。それが、心から心配しているのだと嫌でも分からされる。

「ごめ……」

「謝らないで。君は何も悪いことをしていない。だろう？」

ぐうの音も出なかった。確かに、沙苗は無理をして働いていることは自身でも分かっている。その選択をしているのは紛れもなく沙苗自身。

「……ねえ沙苗。どうしてそんなに一生懸命働くの？　その仕事は沙苗にとって……命を賭してまで果たしたいものなのかな」

なつめの言葉に沙苗はアイマスクを外した。

見つめる先のなつめは、いつものように笑顔を浮かべるでもなく悲しむでも、驚くでもなく……ただ尋ねてきた。

「教えてくれる？　どうして人は命を削ってでも働こうとするのかな」

どう、答えればよいのか。茶化す場ではないことだけは分かる。なつめは真剣に尋ねていた。そう言われてみて考える。どう、言葉にすべきかを考え、そして口を開いた。

「自分のためかなぁ……」

「自分の？」

「うん。今の仕事ね、大変だし辛《つら》いけれど楽しいんだ。初めてのことも多いし楽しいことなんてほとんど無いんだけれど、その仕事がうまくできた時に自分の気持ちを満たすことができるの」

胸元に手を置いて思う。問われたことで改めて考え、出てきた答えを沙苗は告げる。

「私の仕事はお客さんがいて、そのお客さんが満足してくれたら勿論嬉しいっていうのもあるけれど。自分のやってきたことがちゃんと形になったんだって満足感を得られるから、かな。ああよかった〜頑張った甲斐《かい》があったなって嬉しい気持ちが勝るの。それを味わいたいから頑張ってるのかもね」

沙苗は人の為《ため》に何かをしたいというようなタイプではない。人と対話をする仕事も苦手だし、人前に出るタイプでもない。けれど自分の仕事に責任と誇りを持っている。やったことがちゃんと形になって、それが結果に結びついているのだと分かると、充足感で満たされた。

「今やってる仕事ね、初めてのお客さんで、初めてメインで担当している仕事なの。もしそれが最後まで自分で出来たら、自分のことをもっと好きになれそうなの」

やれば出来るんだと、頑張った自分を褒めてあげたい。今も成長しようとしている自分が好きになれると思った。今までは言われるがままに仕事をしてきたし、相手が喜んでくれるかもしれないと思って修平の仕事を手伝ってきた。

しかしそれは間違いだった。修平は沙苗に頼る事に慣れてしまい、自身で手を動かすことをしなくなっていた。

(それは、修平のことを考えれば良くなかったのかもしれない)

勿論、自分で気づくべきだし甘えて頼りきりになっていた修平にも問題はある。

「私ももっと成長しなきゃいけないなって思ったの。だから今は頑張り時なんだ」

「そうか……」

「それとね」

なつめの前で姿勢を正して座ると沙苗は深く頭を下げた。

「こんな風に余裕をもって自分を見つめることができるのも、サポートしてくれるなつめのお陰。本当にありがとう」

辛い時に支えてくれる人がいた。家事という大変な仕事をほとんど引き受けて、沙苗の生活に余裕を与えてくれたなつめがいたからこそ、沙苗は集中して仕事に取り組むことが出来るのだと気づいた。

（生活が満たされていないと、きっと心も体もこんなに余裕はなかった）

その全てを請け負ってくれていたのがなつめだ。

「なつめには感謝してる。一緒にいてくれてありがとう」

呆然《ぼうぜん》と沙苗を見つめるなつめの表情はとても驚いていた。僅かに口を開いたまま、一言も発さず沙苗を見る。

「………なつめ？」

どうしたのだろう、と首を傾《かし》げていると。

「僕は沙苗の役に立ってる？」

そんなことを聞いてきた。

「勿論《もちろん》だよ！　なつめがいなかったら私もっとボロボロだった」

気持ちを伝えたくて強く手を握り締める。

「本当にありがとう……！」

頭を床に擦《こす》り付《つ》ける勢いで礼を告げてから冷静になる。やりすぎたかな、と不安に駆られ顔をあげた瞬間、息が止まった。

なつめが笑っていた。いつも笑みを浮かべている彼の穏やかな笑顔とは違う。微《かす》かに頬を染め、目尻を下げながら笑っていた。それは、喜びから浮かべる笑顔。あどけなく、素直な気持ちから出てくるなつめの笑顔から沙苗は目を逸《そ》らせなかった。

「こちらこそ……ありがとう、沙苗」

握り締めていた手をなつめの方から更に強く握ってきた。嬉《うれ》しさを隠せない笑みで沙苗に感謝の気持ちを伝えてくるなつめの瞳は宝石のように綺麗に煌《きら》めいていて、沙苗は騒がしく高鳴る胸の音を落ち着かせることができなかった。

今日は戸山へ資料を提出する日。沙苗はいつもより早く会社に向かい仕事に取り掛かっていた。

（今日のために頑張ってきたんだからきっと大丈夫よ）

化粧室の鏡の前で気合いを入れて深呼吸を一つ。

打ち合わせの時間になり、沙苗は必要な資料を揃《そろ》えて会議室に向かった。

「失礼しま……す」

会議室の扉を開けてまず目に入ってきたのが、奈々だった。

姿勢よく着席している奈々のいる席は戸山の隣だった。

（何で彼女が？）

理由が全く分からずに奈々を見ていると、「始めて貰《もら》っても？」と、戸山から催促され沙苗は慌てて資料を配った。

（とにかく説明始めないと）

プロジェクターに画面を映し、一つ一つ説明をする。企画の説明から損益分岐点、今後の展開や課題など。沙苗が長い時間を掛けて調べ、分かりやすくまとめた資料の説明をしていく。

説明を終えて着席をする。緊張していたらしく動悸《どうき》がする。

「ふむ……よく出来た資料だ。これなら、リード社さんもお喜びになるね」

リード社こそ沙苗が初めて取引するために資料を作成した大手会社だ。アイドルや俳優、ミュージシャンといった芸能人を扱う会社である。何度となく営業に掛け合ったものの取り付く島もなかった会社に対し、初めて提案できるチャンスを得たのだ。

「では、さっそくリード社と打ち合わせの予定を」

「それなんだけど」

遮るように戸山が声をあげる。

「この企画の発表、町田さんにお願いしようと思うんだよ」

腕を広げて説明する戸山の言葉の意味を、沙苗は一瞬理解できなかった。

「……仰《おっしゃ》っている意味が、分かりません」

「だから言葉のままだよ。リード社での発表は町田さんにやってもらう。君はアシスタントとして同席してくれ」

全身から血の気が失《う》せていった。身体《からだ》から体温が失われていくような感覚に、沙苗は青白くなった掌《てのひら》を握り締めた。沙苗の感情を汲《く》み取《と》る様子もなく戸山は町田に話しかける。

「それでいいよね、町田さん」

「はい！　勿論です」

高い声が耳に喧《やかま》しく響いてくる。町田は勝ち誇った笑みを浮かべながら沙苗を見る。

「東さん。この資料、後で私に送ってくれますか？」

「…………」

信じられなかった。

長い時間を掛けて、一つ一つ調べ上げてようやく完成したものを当然のように搾取されることが。戸山のたった一言で全てを覆されることが。

固まっている沙苗に釘《くぎ》を刺すように、戸山が口を開く。

「こういう発表では明るい印象の子がやる方が、相手のウケが良《い》いんだよ。分かるでしょう？　君がプレゼンするよりも町田さんの方が明るくて印象が良いって」

言葉が出なかった。

「戸山さん、そういう言い方はダメなんですよ？」

「ああ、ごめんね。気を悪くしたかな」

まるで思ってもいないだろう二人の会話に、沙苗は唇を噛《か》んだ。

それでも沙苗は顔をあげて笑みを浮かべる。

「そうですね……仰る通りかと。分かりました」

白くなるほど握りしめていた手を緩め、立ち上がる。

「それでは私は失礼します」

二人が残る会議室を足早に立ち去る。後ろから他愛ない日常会話が聞こえてきていたが、会議室の扉が閉まるのと同時に、賑《にぎ》やかな声は聴こえなくなった。

声もなく立ち尽くす。

（……終わったんだ）

遅い時間まで資料を探し、取引先が求めるものを考えて形にした時間が全て終わった。

それも、無理矢理中断するように。

「……戻ろ」

今日は早く帰れる。

毎日遅くなる沙苗を心配していたなつめの顔を思い出す。今日は自分が早く帰って食事を作れるな、と考えながら仕事を進める。

まるで魂が抜けたように仕事をこなし、定時に席を立った。

「お先に失礼します」

幽霊のようにオフィスを出て駅に向かっていく。

『こういう発表では明るい印象の子がやる方が、相手のウケが良いんだよ』

言われた言葉が頭の中から離れなかった。

考えを振り払うように駅へ向かえば、ぽつりと頬に何かが伝った。

空を見上げれば、薄暗い雲の隙間から雨雲が覗《のぞ》いていた。頬に肩に雫《しずく》が落ちてくる。

周囲で歩く人が傘を広げていく中、沙苗は傘もささず歩きだした。駅に入り少し混雑した電車に乗り込む。

電車から見える夜景が雨水によって滲《にじ》んでいた。小雨《こさめ》だった天気は電車で移動する間に大降りに変わっていった。

暫《しばら》くして最寄り駅に到着する。

周囲は傘をさして駅を離れていくが、生憎《あいにく》沙苗は傘を持ち歩いていなかった。

どうしようか、と駅前で立ち尽くしていると、真正面に見える横断歩道の先に見知った顔を見つけて硬直した。

白い傘を差したなつめが立っていた。

「なつめ…………？」

信号が青に変わる。

なつめが真っ直《まっす》ぐに沙苗の方に歩いてくる。雨の中でも一目で分かる端整な顔。綺麗《きれい》な瞳は沙苗一点だけを見つめていた。手にはもう一本傘を持っている。沙苗の傘だ。

目の前までやってきたなつめは、沙苗を見ると小さく笑った。

「おかえり。急に雨が降ってきたから傘忘れたと思って迎えに来ちゃった」

「…………帰る時間伝えてないよ」

「うん。だから早めに来たんだけど、すれ違わなくて良かった」

手に持っていた沙苗の傘を見せて微笑《ほほえ》むなつめを見て、沙苗は泣きたくなった。

「……いつも遅いから、ずっと待たせたかもしれないのに」

「そうだね。でも何でだろうね。今日は早く帰ってくるって思ったんだ」

空を見上げ、なつめが答える。沙苗に視線を移して薄く微笑んだ。

「当たってたでしょ？」

まさしく沙苗は早く帰ってきた。

傷ついた顔をして。

なつめは自身の傘を沙苗に向けて差した。

「帰ろう」

優しく抱き締めるように腕を伸ばし、なつめの傘の中で沙苗を包み込んだ。

身近に感じるなつめの体温。人の温《ぬく》もりと優しさが嬉しくて、沙苗は黙ってなつめの隣を歩き出す。

なつめが持ってきた沙苗の傘を使うこともできるのに、その温もりから離れたくなくて何も言えなかった。

「今日のご飯は何がいい？」

「…………どうしよっか」

さっきまで食欲なんて全く無かったのに、なつめと歩いているだけで食欲が湧いてきた。現金なもので、意気消沈していた間は鳴らなかったお腹《なか》がくぅと鳴る。

(聞こえてませんように……)

「作る時間待てないなら何か買って帰ろっか」

ちゃんと聞こえていたらしい。

耳まで赤くして俯《うつむ》くと、隣から小さく笑う声が聞こえてくる。

「もう……っそこは聞こえないフリをするところだよ⁉」

「聞こえたなんて言ってないよ」

「んもー聞こえてるじゃん！」

さっきまですごく落ち込んでいた。不思議なもので、悔しくて悲しくて無力で理不尽だと思っていた気持ちが、嘘《うそ》のように静まっていく。

（不思議……）

なつめはまるで沙苗が傷ついて帰ってくることを知っていたかのように、迎えに来て傍《そば》にいてくれる。落ち込んでいる沙苗の心を見透かすように、けれど言葉にはせず、辛《つら》い時に一緒にいてくれようとする。

それが何よりも嬉しかった。

「なつめ」

パラパラと雨音が傘に当たりリズムを奏でる中、ほんの少し顔を近づける。

「ありがとう」

迎えに来てくれて。そして、慰めてくれて。

少し吊《つ》り目の瞳をほんのちょっと大きくしてからなつめがにこりと微笑んだ。

「どういたしまして」

コンビニで夕飯のおでんを買い込んで家に戻る。冷めないように鍋に移し替え、煮込んでいる間に沙苗はお風呂に入る。

冷えていた身体が徐々に温まっていく。それでも、仕事の事をふと思い出すと胸が痛む。

気持ちを切り替えてから風呂を出、パジャマに着替えてリビングに向かえば、温められたおでんにお惣菜《そうざい》が付け足されていた。

「料理が増えてる……」

「冷凍していた物を出しただけだよ」

その割に一つ一つ手が込んだ料理だから素晴らしい。

「あれ、お酒もある」

そこには日本酒が置いてあった。一升瓶では多すぎるからと少し小さめの日本酒を以前買っていたことを思い出す。

「おでんに合うでしょ？」

「賛成！」

鍋に入れたおでんをよそってから互いに日本酒を注ぎあう。おちょこなんてものはないのでいつも使っているプラスチックのコップに少量ずつ注ぐ。

「乾杯」

「かんぱい〜」

コップを当ててから飲んでみると度数の高い酒が喉を通っていく。

「うう〜強い。でも美味《おい》しい」

日本酒特有の香りを楽しみながらおでんを食べる。

「美味しい……たまにはこういうのもいいね」

日本酒を飲むたび身体が温まっていく感覚に包まれながら頬に手を当てる。

考えてみれば会議のためにギリギリまで作業をしていたため、昼食もろくに食べていなかったことを思い出す。空《す》きっ腹《ぱら》に日本酒を注いだことでアルコールがいっきに回って身体が熱くなってきた。

なつめはといえば空になった沙苗の取り皿におでんを足してくれていた。

「……なつめはどうしてそんなに私に優しいの」

酔いが回ってくる中で沙苗は思わずなつめに聞いた。

いつ帰るか分からない沙苗のために傘を持って迎えに来てくれることや、こうして器におかわりをいれてくれることの一つ一つに、なつめの優しさを感じた。まるで見返りを求めず、ただひたすらに沙苗を甘やかす。

「今の僕が一番やりたいことはね、沙苗を甘やかすことなんだよ」

さも当然であるかのように告げながら沙苗のコップに日本酒を注ぐ。自身のコップにも注ぐと口にする。

「誰にでもしない。沙苗だけにしたいんだよ。疲れている時も苦しい時も頑張っている沙苗を僕は甘やかしたい。だからだよ」

綺麗な灰白色の眼《め》が、柔らかく微笑みながら沙苗を見つめてくる。

「…………っ」

急に恥ずかしくなって俯き、大根を箸で割りほぐす。

「ね？　僕って君の旦那さんとして最高でしょう？」

本気なのか冗談なのか分からないことを言ってくる。益々《ますます》顔をあげられない。お酒のせいだろうか、顔がとても熱い。

「……前向きに検討させていただきますね」

「それビジネス的なお断りの文言だねえ」

それ以上に言葉が出なかった。

(だって、これでそうかもなんて肯定したら、なつめ婚姻届持ってきそうだもの！)

なつめは沙苗に手を出すことはない。同棲《どうせい》していても約束を守り、迫るような行為も一切しない。

ただ、甘やかす。ひたすらに甘いのだ。

そうして沙苗の心が解けていくのを静かに待ち構えているようで、それがちょっと怖い。

けれど、この甘えという猛毒に抗《あらが》えないのだ。

「……だからね、沙苗」

なつめの声色が微《かす》かに変わった。

「君を悲しませるような人がいたら僕はとても許せないし、沙苗の気持ちを知りたいとも思う。言いたくないなら言わなくてもいい。でも悲しい時は隠さないで僕に言ってくれる？」

真っ直ぐに沙苗を見据えるなつめを見て、彼が沙苗の状態をすぐに把握していたのだと知った。

「…………隠せてなかった？」

「言ったでしょ？　僕は沙苗が好きだって。そのぐらい気付くさ」

椅子から立ち上がり、なつめが傍に寄ってくると沙苗の頭を優しく撫《な》でた。

ゆっくりと髪を撫で下《お》ろしていく。何度も何度も優しく。子供を慰める母のような手つきで撫でながら、その瞳は細く何かを捉えるように見下ろしていた。

「沙苗は、君を悲しませた相手をどうしたい？」

「……どうって」

「悔しいじゃないか。相手を、許せないって思う？」

突然の質問に動揺する沙苗の顔を見つめていたなつめは、沙苗の両頬に手を添えると真正面から瞳を合わせた。弧を描くような切れ長の眼の奥、細い瞳孔が沙苗を見据えている。

「沙苗はどうしたい？　呪い殺したい？」

呪い殺す。

冗談なんでしょうと笑い飛ばせればよかったが、あまりに真剣な眼差《まなざ》しをぶつけられて言葉が出なかった。むしろ、自身に問う。

嘲笑《あざわら》うように見下す戸山と奈々の顔。愉悦に満ちた声色。沙苗の気持ちを踏みつぶすことに何の罪悪も感じない二人の行動を思い出すだけで、辛く、苦しい。

けれど沙苗は首を横に振った。

「そんなことはしない」

頬に触れているなつめの手に自身の手を重ねた。

「そんなことしたって、いつか自分に返ってくる。それよりも私は見返してやりたい。あんな人達に好き勝手されたら成功するものも成功しない。それじゃあ困る。私はこのプロジェクトを絶対に成功させたい」

沙苗が仕事を頑張ったのは自分を認めてもらいたいから、だけではない。

純粋に楽しかったから。成功させたいという強い目標があったから。仕事の先にいる人々に満足してもらえるモノを与えられた時の達成感を得たかったから。

沙苗はなつめの両手を摑《つか》むと強く握りしめた。

「なつめのお陰で私はここまで頑張れた。心配してくれてありがとう……私はこのぐらいで諦めたりしない」

なつめの瞳が大きく開いた。驚いた瞳に映る沙苗の姿はじっとなつめを見つめている。

「……そう」

困ったように笑うとなつめは優しく沙苗を抱き締めてきた。

「辛かったらいつでも言って。僕に出来ることならなんだってしてみせる」

「……っちょ、ちょっと……」

急に抱き締められたことで身体《からだ》が硬直するが、なつめに抱き締められながら肩をポンポンと叩《たた》かれ、離れようと込めた力を緩めた。

（……慰めてくれてる）

沙苗は何もなつめに伝えていない。表情だけで、沙苗の様子だけで落ち込んでいることを察し、何も言わずに甘やかす。そして今みたいに落ち込んでいる沙苗を癒《いや》すように抱き締めてくれた。

抱き締めてくるなつめの柔らかな髪が頬に触れる。ふわふわとした橙色《だいだいいろ》の髪。思わず撫でてみたくなって髪に触れると、パッと驚いた顔してなつめが見てきた。

「あ……ごめん」

急になつめに見られて顔が赤くなる。自分が何をやっているのか気が付いた。

（何、頭撫でてるの私！）

動物を愛《め》でるみたいに髪を撫でていたことに我に返り離れようとするが、なつめが更に強く抱き締めてきた。

「ちょっと！」

「うーん沙苗かわいい」

沙苗の肩に顔を埋《うず》めてきたので軽く頭を叩いた。

数日後。

沙苗はいつもよりきっちりとスーツに着がえた。朝食も早めに食べ終え洗面台で髪型をどうしようかと悩んでいると、背後からなつめがやってきた。

「貸して。どんな感じにしたい？」

「あ、ありがと。じゃあポニーテールで」

「了解」

口元にゴムを咥《くわ》え、流れるような手つきで髪を梳《と》かす。器用な手つきで程よい高さのポニーテールが仕上がった。

鏡越しに沙苗を確認すると、美容師のように沙苗の前髪を少し整え「完璧」と笑う。

「気合いが入ってて良いね」

「ふふっそうかも」

普段着ないスーツを着ているだけで気合いが違う。軽く深呼吸をして鏡に映る自身を見つめた。

両肩になつめの手が添えられる。

「沙苗ならやれる。頑張っておいで」

「…………うん！」

何も聞かず、なつめはひたすら応援してくれた。

（それがどんなに心強かったか）

「全部終わったらご馳走《ちそう》させてね」

「うん。楽しみにしてる」

耳に普段は着けないイヤリングを着けている背後で沙苗の襟元を正していたなつめは、一つにまとめたポニーテールをそっと手に取ると沙苗に見えないようにそれに口づけた。

「何事もなく、無事に一日を過ごせますように」

「え？」

ようやく片方のイヤリングを着け終わった沙苗が聞き返す。集中しすぎてなつめの小さく呟《つぶや》いた声の内容まで聞き取れなかった。

髪から手を離し、沙苗からもう一つのイヤリングを預かると痛くないように片耳に着ける。

「ううん。何でもないよ」

そうしていつもの笑みを浮かべていた。

玄関で行ってきますの言葉を告げて沙苗は駅に向かう。今日は取引先に出向いて発表を行う日だった。プレゼンテーションは戸山の言う通り奈々がすることになった。沙苗は資料をめくるためのアシスタントといったところだ。

電車に乗ってギリギリまで今日の予定をシミュレーションする。どんな質問が投げかけられるか分からないから一問一答のテキストも作って奈々には送っているが、彼女からの返事は一切ない。もし奈々が回答できないような時は、自分が対応できるように準備もしていた。

客先であるリード社ことリード・カンパニー。都心の高層ビル一棟を全て所有した大企業のエントランス前に、沙苗は緊張した面持ちで立っていた。

暫《しばら》くすると連れ立って歩いてくる二人組と、更に少し離れた場所から男性が歩いてくるのを見かけて顔をあげる。

興味なさそうに挨拶を告げる戸山と、彼の隣に立つ奈々の姿。チェックのジャケットにフレアスカートは春らしい淡い桃色。

「おはようございます……」

そんな二人より気になったのが、少し離れたところから歩いてきたスーツ姿の男性だった。戸山より頭一つ長身で、整えた短い髪をオールバックにした四十代前半ぐらいの男性の姿に沙苗はまさか、と思う。

穏やかな顔立ちに上品な物腰。着こなすスーツは灰色の渋い色だが、それがよく似合っている。

沙苗の視線に気付けば黒色の真っ直《まっす》ぐな眼差しが穏やかに微笑《ほほえ》むと、彼の口元に僅かな皺《しわ》が浮かんだ。

「おはよう。君が東沙苗さん？」

「あ……はい。もしかして森谷《もりや》部長でいらっしゃいますか」

「よく分かったね。うん。初めまして、森谷です」

森谷部長。名前は知っているが沙苗は会ったことがなく、新しい組織の部長がまさしく彼だった。三十代の若さで部長候補として推薦され、優秀さから海外で展開する大規模なイベントの総指揮者として一年以上海外にいる話は以前から社内で聞いていた。そして、今年に入って彼が沙苗の部署の部長に就任したことも。

「三月に戻られるとお聞きしていました」

「少し早めに仕事が落ち着いたから先日帰国したばかりなんだ」

とても落ち着く低い声色に、沙苗は心地よささえ感じた。どうやら奈々も同様らしく、目をきらきらさせながら森谷を見つめている。

（あれ？　珍しいな）

奈々という人間の性格を多少でも知っている沙苗は首を傾《かし》げる。いつもの彼女ならば戸山のことなど放っておいて顔立ちも良く部長である森谷に擦り寄っていくのではないかと思ったのだ。

しかし、彼女は明確に線を引かれたように一定の距離を保っている。できれば声を掛けたいとばかりにひたすら視線を向けてはいるが、その距離を越えようとはしていない。

（ああ……これはもう叱責済みなのね）

沙苗が社内で聞く森谷部長の噂《うわさ》はいくつかある。やり手で実力もあり、顔立ちも良くて頭も良い《ぃ》。おまけに声も良いというのは今日初めて知った。

それ以外にもう一つあるのが『公私を区別しない仕事を徹底的に排除する』だ。

癒着や賄賂、公私混同した仕事を嫌い、そのような素振りを見せる同僚に対し徹底的に線を引くと聞いたことがある。

（うーんこれが線《ライン》かぁ。はっきり見える）

言葉にもしない、態度にも出さないのに明確に空間に見える線が、奈々と森谷の間にくっきりと描かれていた。

「というわけで、資料も飛行機に乗っている間に確認した程度なんだ。進行は皆さんにお任せすることになる。不甲斐《ふがい》ない部長で申し訳ないが、よろしくね」

「いえ、ご同行頂けるだけでも嬉《うれ》しいです。今日はよろしくお願いします」

気を引き締めて沙苗が頭を下げれば、森谷は相変わらず穏やかな笑みを浮かべながら「うん」とだけ告げた。

ネクタイを軽く締めてから腕に着けている時計を確認し、森谷が顔をあげる。

「時間だ。行こう」

森谷の低い声に気を引き締め、沙苗は後に続いた。


三十人は入るだろう広い会議室。真正面に広がる巨大なモニターに、パソコンから投影される沙苗が作り上げたプレゼン資料。

準備を進める間に名刺交換を終えた三人は着席した。沙苗は準備を終えると奈々に目線を向ける。

彼女はふん、と笑うと立ち上がりリード社の社員たちに笑顔を振りまいた。

「それでは今回の説明をさせて頂きます、町田奈々と言います。よろしくお願いします」

（いや、名刺配ったでしょ）

心の中でツッコみながら沙苗が資料のページを捲《めく》る。

「えっとぉ……今回ご提案させて頂くのが、メンズアイドルグループ「BLING《ブリング》」のイベントなんですけど……」

もたつきながら概要を説明する奈々の様子を見ているだけで沙苗はソワソワしてくる。明らかに説明慣れしていない。

BLINGはリード社が今最も力を入れている三人組のアイドルグループだ。

BLINGとは英語で宝石やダイヤモンドがキラキラと輝くことを意味する。華やかな意味として用いられる単語である反面、華美すぎる意味から否定的な言葉としても捉えられているのだが、それを含めて敢《あ》えてその名前にしている。

十代後半から二十代前半のメンバーはスタイリッシュなダンスとマイクパフォーマンス、何より華やかで見る人を圧倒する舞台や演出に感動を与えるのが人気のグループだ。だからこそ人々を飽きさせないパフォーマンスを盛り込んだイベントの提案を持ち込んでいるのだが。

(どうしよう……全然伝わっていない！)

奈々の説明があまりにも台本通りで、まるで朗読しているような説明なのだ。その台本こと企画書の概要をまとめたのは沙苗だが、沙苗が記したのはあくまで企画の趣旨やパフォーマンス内容、実施にあたっての収支概算などの資料だった。決してそのまま読むように伝えてなどいない。

　恐る恐るリード社の社員の表情を見れば、明らかにつまらなそうな顔をしていた。

　息苦しい時間が十分ほど続いた後、満足したように奈々が笑顔で「以上です」と言って席に座った。沙苗は終わりを覚悟した。

「……なるほど。よく出来た資料ですね。とても分かりやすい」

「ありがとうございます！」

　奈々がにこにこ答えるが、彼女は嫌みに全く気付いていない。

「質問をしてもよろしいかな？」

　リード社の男性社員が口を開いた。

「BLINGはイベントの際、絶対に譲れないテーマみたいなものがあるんですよ。それをええと……町田さんはご存じかな」

　沙苗は男の質問にホッとした。もっと難しい質問をしてくると思ったのだ。

（グループ名の通り煌《きら》びやかに見える演出を必ずラストに行うこと……だからラストに花火の演出を盛り込んだのよね）

　過去のイベントの内容やグループのファンサイトに見ればまとめが載せられているほど有名なことだ。冬ならばイルミネーションを使ったパフォーマンス。建物の中であればペンライトやプロジェクションマッピングといった煌びやかさを演出する仕掛けが、必ず一つは用意されている。
（だからこそ花火大会の会場にして、主催社に交渉をしたんだし）
そのために何度メールのやりとりや主催社の会社に赴いたか、と思い出に耽《ふけ》っていたが。
「えっと……ダンスパフォーマンス、とかでしょうか」
沙苗は凍り付いた。そして驚愕《きょうがく》の顔をして奈々を見る。奈々の顔は笑顔だが強張《こわば》って
目線を戸山に移している。戸山は困った顔をして奈々を見ていた。
（まさか……知らないの⁉）
初めの頃に行った打ち合わせの議事録にもしっかり書かれていた。何より企画を考える
のであれば必ず過去のイベントも参考にするものだ。
「そうですか。あと、資料の十五ページ目に書かれていたイベントの売上高の内訳なんで
すが、内訳の中で一番利益率が高いものはどれですかね。この資料だと展開するグッズや
ノベルティの詳細が書かれていないのですが資料とかありますか？」
「えっあ、はい。えっとぉ……」
奈々がこちらを向いた。睨《にら》むように「早く資料を出せ」と顔に書いてあった。
「こちらがグッズの詳細をまとめた資料になります」
手助けしなくてはと、予《あらかじ》め印刷しておいた詳細の書かれた資料を参加者全員に配布し
てからプロジェクターに反映させる。奈々が微《かす》かに安堵《あんど》の息を漏らした。が、一瞬だけ睨

まれる。

「なるほど……よく出来ていますね。それで、この資料だと利益率が良いのは？」

「えっと……そうですね………？」

奈々がじっと資料を見つめているが答えない。

心配と不安から沙苗が奈々を見ていると、離れた席に座っていた森谷と目が合う。彼の瞳は真剣な表情で沙苗を見つめていた。

（何……？）

先ほど挨拶の時に見せた穏やかな瞳とは全く違う、緊迫した表情に目が離せなかった。

森谷は真っ直ぐに沙苗を見つめながら小さく指を差し、小さく口を開いた。

『進めて』

森谷の唇が、確かにそう告げたのを理解した沙苗は彼が指差す資料に慌てて視線を戻し、画面を慌てて切り替える。

「ええと、利益率が一番高いのはフードです。グッズの枠外に記載しているイベントに合わせたコラボの屋台を特設会場横に設置してフードを展開しています。そちらに購入特典としてランダムのコースターとサイン色紙の提供をしています。フードに関することはお渡しした資料の五ページ目に載せています」

奈々が驚いた顔をして沙苗を見るが、沙苗は変わらず説明を続けた。

「今回会場としている海浜公園の横は通常ですと屋台の展開を行います。今回はイベントに合わせてコラボカフェの臨時店を作ります。持ち運びできる飲食をメインにしたものを出店して頂くのですが、そこで限定のサイン色紙とコースターを配布します。フードの売上から一部ノベルティ品の費用を減らしても売上として最も収益が高いです」

「行列が出来るんじゃないか？」

「整理番号をウェブ上で配信します。購入希望者には先にウェブ上で購入して頂いて、整理番号順に呼び出しをし、SNS上やウェブ画面上から時間を通知します。あとは出品するフードを二品に限定することと、決済を先に行いますので対応としてはスムーズですね」

「それは便利だね」

「予約の数が落ち着いた時点で、当日の受付対応に切り替えて当日販売も行います。それと、イベントのテーマですが」

今なら伝えられると思い、プロジェクターの画面を切り替える。

花火のイメージ画像を映してからリード社の社員を見る。

「花火大会の終盤に曲を流し、メンバーそれぞれのパートに合わせてイメージカラーを中心とした花火を打ち上げます。最後の曲に合わせて大会のフィナーレに使われるスターマインを打ち上げます。それが今回のテーマに繋《つな》がればと思い企画しました」

「花火の参考動画とかありますか？」

「はい。依頼している業者の過去事例動画があります」

画面を切り替えて動画を見せる。リード社の社員の表情は硬いが、退屈そうには見えなかった。

その後もいくつか質問を投げかけられる。沙苗は答えてよいものか、一瞬奈々に視線を向けるも彼女は黙っていたため答えられる範囲で回答する。

全ての質疑応答を終えた後、リード社の一人が頷《うなず》いてから沙苗を見た。

「とても分かりやすい説明をありがとう。これなら安心して任せられることが分かったよ」

真《ま》っ直《す》ぐに見据える男性の瞳には警戒を解いたような解《ほぐ》れた印象があった。

「前向きに検討させてもらいます」

「…………！　ありがとうございます！」

沙苗は勢いよく頭を下げた。沙苗に倣うように奈々が頭を下げる。

（良かった…………！）

最初こそどうなるかと心配したものの、何とか伝えたいことを伝えられた安堵で胸がいっぱいだった。

その後は必要な資料の提出や、今後のスケジュールの子細を伝えた上で会議は終了した。

ようやくリード社を出て、来た時と同じエントランスの前にたどり着いたところで沙苗は大きく溜息《ためいき》を吐いた。

「無事に終わりましたね……」

「うん。東さんお疲れ様。町田さんも」

森谷が朝と変わらず穏やかな笑みをたたえて二人を見つめた。

「ただ、町田さんは発表をするならもう少し相手の要望を把握しておくといいよ。向こうがするだろう質問も想定しておけば返答に詰まることもないから」

「は、はい……気をつけます」

頬を染めながら頷く奈々は褒められたとでも思ったのだろうか。嬉しそうに頬に手をあてている。

(いや、注意されてるんだよ?)

口にはしないが驚いて彼女を見る。

「東さん」

「は、はい」

自分も名を呼ばれると思わなかった沙苗は姿勢を正して森谷を見る。だが、彼の表情はずっと真剣に沙苗を見つめていた。

「君のお陰でこの時間を乗り越えられたといっても過言ではない。どうもありがとう」

（…………え？）

叱られるのではないかと思っていたが、その逆だった。

（褒められてる？）

呆然《ぼうぜん》と森谷を見ていると彼は先ほどのように穏やかな顔になった。

「さあ、会社に戻ろうか」

「は、はい！」

森谷が駅に向かい歩き出す。その後に続くように、三人も歩き出す。

『どうもありがとう』

森谷のたった一言がずっと頭から離れなかった。

（…………嬉《うれ》しい）

思えば、こんな風に上司から素直にお礼を言われたのは初めてだったかもしれない。

頑張った気持ちが今、報われた気がした。

電車に乗って会社に戻れば、帰国していた森谷に驚く同僚の様子を眺めることになった。

どうやら本当に急な帰国だったらしい。

沙苗は今日出てきた質問や次の課題として出されたことの回答を考えながら資料をまとめていた。

気が付けば時刻は夕刻を過ぎ、十八時になるところだった。

パソコンを閉じ、帰る準備をしていた沙苗に森谷が声を掛けてくる。

「東さん」

「森谷部長。何でしょう」

リード社の件だろうかと次の言葉を待っていれば、彼は困ったように笑う。

「部署のみんなが打ち上げに行こうって言ってるから君もどうかと思って。今日一番の功労者だろう」

森谷は奈々ではなく沙苗を功労者だと認めてくれていた。

それだけで有難《ありがた》いと思いつつ沙苗は首を横に振る。

「ありがとうございます。でも、すみません今日はどうしても帰らないといけないんです」

「ああ、こちらこそごめんね。急なことだから謝らないで。じゃあ、今度落ち着いた時にでも」

罪悪を感じさせない丁寧な言葉。

「はい、是非！」

にこにこ穏やかに微笑《ほほえ》んでいた森谷だが、視線を少し別の方向に向けていることに気付き、沙苗もつられるように視線を向ける。

そこには委縮して席に座る戸山の姿があった。

「…………さて、あとひと仕事だけするか」

一瞬、森谷の声色が低くなったように聞こえたが、

「それじゃあ、東さんもお疲れ様」

穏やかな笑みと声色に変わっていた。

「あ、はい。今日はありがとうございました」

頭を軽く下げ、沙苗は退勤する準備を終えると席を離れた。

一瞬振り返った先で見えた森谷は、笑顔を浮かべながら戸山に声を掛けていた。

「さ……急がないと」

向かう先は自宅。

なつめの待っている我が家へ。

駅まで足早に向かい、ソワソワしながら電車に乗る。自宅の最寄り駅に着いた頃には我慢できず軽く駆け出していた。

「ただいま！」

微かに息を切らしながら玄関の扉を開けた。

中から微かに料理の良《い》い香りがする。

「おかえり」

リビングの扉が開き、なつめが現れたと同時に手を広げた。

何だろうと眺めていると、苦笑しながら近づいてきたなつめはその場で沙苗を抱き締めた。

「なっ……つめ⁉」

「お疲れ様。よく頑張ったね」

なつめから囁《ささや》かれる労《いた》わりの言葉を聞いた途端、沙苗の肩の力が抜け落ちていく。

段々と身体《からだ》が弛緩《しかん》して、なつめに優しくしがみ付く。

(ああ……ずっと緊張してたんだ)

今ようやく気が付いた。

「うん……頑張ったよ」

ずっと頑張ってきたものが一区切りついたことで、身体の緊張がやっと解けていくのを、なつめの温《ぬく》もりと共に感じずにはいられなかった。

抵抗もせず抱き締められる沙苗とは裏腹に、なつめは沙苗を抱き締めながら表情を消していた。沙苗から見えない角度で何かを考えるように黙っていたが、身体を離してにこりと笑う。

「お腹《なか》空いたでしょ？　夕飯出来てるよ」

「ありがとう。今日は何にしたの？」

「？」

「照り焼きチキン。結構美味《うま》くできたよ」

「嬉しい！　お腹空いちゃった」

緊張が解けた途端お腹が鳴る現金な自身に苦笑しつつ、沙苗はリビングに向かう。

温かい我が家へと入れば、香ばしい照り焼きチキンの匂いが沙苗を迎え入れた。


その後、リード社は沙苗の勤める会社に正式に申し込みをしてきた。主担当として沙苗の名前が直接依頼された状態で。

「すごいじゃない！　おめでとう沙苗！」

聞きつけた春子に手を握られ、祝いの言葉と同時に「BLINGからサイン貰《もら》ってきて！」と本能剝《む》き出《だ》しのお願いまでされた。

戸山はと言うと、別の部署に異動することが決まった。それも、降格という形で。

あまりに早い決断に周囲は驚いていたが、以前より贔屓《ひいき》が過ぎる点と、派閥争いの原因であった専務が近々退任することもきっかけらしい。

「しばらくは僕が課長を兼務することになるから、報告や相談は僕に声をかけてください」

部内会議で発表された人事異動に対し、周囲を落ち着かせるように告げる森谷の言葉は何よりも安心感があった。

そんな社内の騒動があった時期のお昼休み。

沙苗は今日も同僚とランチを食べていた。

「噂《うわさ》だけど、森谷部長が直接戸山課長の降格を決めたらしいよ」

どこから噂を聞きつけているのだろう。彼女達の話は続く。

「海外にいた時から社内の情報を手に入れてたみたいだし、本当にやり手だよ」

もしこの噂が本当だとすれば、森谷がいかに優秀であるかが分かる。

奈々はというと、戸山が異動したことにより随分と大人しくなっていた。森谷が戻ってきてから徐々に勢いが落ちていき、以前のように沙苗に対しても嫌みを言うようなこともなくなった。元々秘書の仕事が主業務であるのにリード社のプレゼンを担当した事のきっかけも、戸山の推薦であることと本人が秘書課から企画運営グループに異動したいという希望もあったらしい。

戸山が異動したことによりその話も白紙になったのか、沙苗がメインで担当するリード社の企画に顔を出すことはなくなった。

そんな話を帰宅後なつめに話している時のこと。

「初めて会った時から仕事が出来そうな人だなって思ってたけれど、想像より凄《すご》い人かもしれないね」

「ふーん」

「正直、今まで上司運に恵まれなかったから嬉しいかも。こちらも頑張ろうって思えるし」

野菜炒《いた》めを作るなつめの隣で味噌汁《みそしる》を作りながら話を続ける。

「そう」

「……………なつめ？」

いつもより返事が少ないような気がして隣を見上げれば、少しばかり面白くなさそうに頬を膨らませたなつめと目が合う。

「最近部長さんの話が多いね」

「え」

「沙苗は鈍いから教えてあげる。妬《や》いてるんだよ、これ」

「え」

顔が一瞬で熱くなった。

沙苗の様子を見てなつめは一瞬表情を崩して笑うが、わざと拗《す》ねているように顔を変える。

「僕のことも構ってね」

にこにこと微笑むなつめの言葉が嘘《うそ》か実《まこと》か、沙苗には分からない。

相変わらず帰ればなつめが居て、ひたすらに彼に甘やかされながら。
気が付けば季節は春を迎えていた。

三章　燈涼《ひすず》し空の恋と灯《ともしび》

窓の外から蟬《せみ》の合唱。

リビングの中央に横たわっていると、横から細《ささ》やかな風が首元を掠《かす》める。小さなモーター音と共に沙苗《さなえ》の髪を揺らしているかと思えば、モーターは移動して沙苗の揺れていた髪が重力に負けて肌に落ちた。

扇風機の風量をあげようと左右に動く機械に手を伸ばすも、あと一歩のところで届かない。起き上がってスイッチを押せばいいのに不精して必死に手を伸ばす。

すると目の前に男性の足が見えて、伸びてきた手がスイッチを押した。途端、モーターはフル稼働し、沙苗の身体に勢いある風が当たる。

「なつめ……」

伸ばした手をそのままなつめの足に添える。その姿はさながらゾンビのよう。

「暑いよぉ……」

「……クーラーにしようか」

なつめはテーブルに置いてあったリモコンに手を伸ばすと、エアコンに向けてスイッチを押した。

夏到来である。

リード社の企画をメインで動かすことになった沙苗は、春の間ひたすら仕事に追われていた。

アイドルグループであるBLING《ブリング》がファンイベントとして夏の花火大会を発表すると、チケットは瞬く間に完売となった。

三人グループであるBLINGは今最も注目されている若手男性アイドル。

リーダーのハルトは最年長の二十五歳。イメージカラーでもある黄色に合わせた金色のストレートヘアーに大人びた表情が人気。次のフロントマンとして人気を誇るのがソル。二十二歳だが少年のようなあどけなさと、キレの良いダンスの技術にファンでなくとも息を吞《の》む美しさを持つ。ソルのイメージカラーは赤。

最後にアオイ。ソルより一つ上の二十三歳で、BLINGが歌う曲を作詞している。大学に通いながらアイドル活動を続け、今はエッセイなども書いており、多彩な面を見せている。イメージカラーは青。

人気が上昇し続けている彼らの大規模なイベントを任されるプレッシャーも大きかった

が、それ以上に成功させたいという思いが強かった。

リード社から正式に依頼をされてからも沙苗は相変わらず激務だった。ただ、それでも以前のように修平《しゅうへい》に仕事を依頼されるようなことも、戸山《とやま》課長によって嫌がらせのように仕事を押し付けられることもないだけで気持ちとしては落ち着いていた。

「暑いから今日はそうめんでいい？」

キッチンに向かうなつめの提案に沙苗は身体を起こす。

「食べたい！」

エアコンによってようやく身体が涼んできたものの冷たいものを欲している。

「うん。出来たら呼ぶから待ってて」

返事の良い沙苗の答えに小さく笑うとなつめはキッチンに向かった。

相変わらず沙苗はなつめと一緒に暮らしている。暮らすことを決めた時と変わらずなつめは沙苗を甘やかす。仕事で忙しい沙苗を支えてくれる。

（本当に……なつめって不思議）

沙苗が神社で願った願いを叶《かな》えるために忽然と現れた冬のことを思い出す。

冬に見つけた神社を沙苗は未《いま》だに見つけられなかった。時間があれば神社の事を調べてみるも、何処《どこ》にも情報を見つけることが出来なかった。

なつめ自身に聞いても本当に知らないのか、それともはぐらかされているのか「願いを叶える神社らしい」という事しか知らなかった。

（でも、見つけたところで私はどうしたいんだろう……）

神社を見つけて願い事を無かったことにしてもらうのだろうか。

そうすると、なつめは一体どうなるのだろう。

沙苗に好きと言ってくれた彼の考えすら変わり、本来のあるべき姿として、なつめは沙苗と離れ沙苗は以前のように一人暮らしを続けるのだろうか。

（………）

自分で考えるだけで、胸がざわつく感覚がした。焦るような不安を自覚して沙苗は溜息《ためいき》を吐く。

「沙苗。そうめん出来たよ」

「あっ！　ごめん！」

寝転がっていた身体《からだ》を慌てて起こしキッチンに向かう。

盛り付けられたそうめんを運ぼうと思うも、既になつめによってテーブルに用意されていた。

「ありがとう……休日にも甘えてごめんね」

情けない声でお礼を告げる沙苗に対し、箸をテーブルに並べていたなつめが小さく笑う。

「準備が出来た。食べよ」

「うん」

おあつらえ向きにすり下ろされたショウガと刻んだ長ネギも添えられていた。

「いただきます」

手を合わせ、そうめんをつゆに浸けて啜《すす》る。のどを通る涼しい味に頬も緩む。

「暑い時季はそうめんが美味《おい》しい」

「食欲が落ちるからね」

正面に座りなつめが食べる。それだけなのに優雅に見えるから不思議だ。

同じタイミングで食べ終えると「ごちそうさまでした」と告げて席を立つ。食器を重ねてキッチンに運び水にさらす。

食事を作ってくれるなつめの代わりに食事の片づけが沙苗の担当だ。せめて休日だけはちゃんと洗おうと率先して台所に立っている。なつめもそんな沙苗の気持ちを理解しているのか、食べ終えた食器をシンクに置くとテーブルを片付け始める。

「あっいけない。なつめ、テレビつけて」

言われるがまま、なつめはテーブルの端に置いてあったリモコンを手に取ると電源ボタンを押す。沙苗がチャンネルを伝えると、なつめがボタンを押してモニターに三人のアイドルが現れる。

「丁度始まったところだ〜よかった」

食器を洗い終え、タオルで手を拭きながら急ぎ足でテレビの前に座る。

「この子達が沙苗の企画しているイベントのアイドル？」

「そう。ＢＬＩＮＧっていう三人組なの」

物珍しそうにテレビを眺めるなつめに苦笑しつつモニターを見る。

『今ＳＮＳ上でも常にトレンド入りするほどの人気を誇るＢＬＩＮＧ！　今日は夏に開催される彼らの「サマースパークリングライブ」をグッドニュースが独占してご紹介します！』

アナウンサーが潑剌《はつらつ》と説明を始める。

『ビーチに特設されたイベント会場では、ＢＬＩＮＧだけではなく彼らの所属するリード・カンパニーのアイドルグループによるイベントショウも開催。昼の部ではＢＬＩＮＧによるトークショウとショートライブ。それだけでも満足なイベントに更に！』

興奮気味にアナウンサーが区切るとモニターが花火の映像に替わる。

『ナイトライブと同時に二万発の打ち上げ花火！　ネットで同時配信も行う予定なので、当日入場できない方もリアルタイムで楽しむことが出来ます！』

『いやぁ～これは現地で一緒に盛り上がりたいところですね』

『そうでしょう⁉　こちらのチケットは既に先行予約が始まっていますが枠は全て完売。ですが花火の有料観覧席はこれから予約が始まるそうですよ。一般入場は無料ですので自由観覧ですが、入場制限も掛かるとのことなのでどうしても行きたい！　という方は有料観覧席の申し込みをお勧めします』

花火大会の有料観覧席に関する案内がテロップに映される。内容に問題がないか確認し、合っていることに安堵《あんど》しつつ続きを見る。

『煌《きら》びやかな世界が表現された最高の夏を提供してくれること間違いなし！　そこでグッドニュースのスタッフは忙しい彼らの時間をどうにか調整して、メッセージを頂いてきました！』

スタジオから僅かな歓声と共に、映像が切り替わる。

『グッドニュースをご覧の皆さんこんにちは。BLINGです』

切り替わった画面には三人の青年が並んでいた。画面の左側から金色の髪、赤髪、黒髪の個性ある青年がそれぞれカメラに向かって手を振ったりしている。

『八月十三日に行われるサマースパークリングライブ。僕らに興味がある人や、花火に興味があるって人もぜひ足を運んで欲しいですね』

赤髪の真ん中に立つ青年が嬉《うれ》しそうに語る。

『そうですね。夏休み、絶対良《い》い思い出になりますし、みんなにそう思って貰《もら》えるようなイベントにしようって俺達も頑張ります』

礼儀正しい印象の金髪の青年が口を開く。最も背が高い。

『当日は新曲のお披露目もあるし皆に聴いて欲しいですね』

右端に立っていたクールそうな黒髪の青年が発言した途端、中央の青年が「えっ」と驚いた顔をする。

『アオイ。言ってよかったんだっけ？　それ』

『発表してなかった？』

『ソル、大丈夫だよ。イベント告知の時に一緒に発表してるから』

『あー！　そうだそうだ』

『おいおい……』

アオイと呼ばれた青年が呆《あき》れた様子でソルを一瞥《いちべつ》する様子から仲の良さが窺《うかが》える。

その後も彼らからイベントの見どころや詳細が伝えられると、最後にまとめるようにリーダーであるハルトがカメラに視線を向けた。

『イベントは八月十三日。場所は蘆港《あしみなと》海浜公園前です。ぜひお越し下さい！』

三人が笑顔を見せて画面に手を振る姿は、見ている側も頬が緩むほど活気に満ちていた。

「ちゃんと発表されてた！」

テレビを見終えた沙苗が嬉しそうになつめに告げると、なつめは笑顔で頷《うなず》いている。

「こうして告知されているのを見ると、時期も近づいてきた感じがするね。沙苗が取り組み出した頃は確か春の手前だからあっという間だ」

「うん。本当にあっという間だったね……」

メインを任されることになってから、沙苗の仕事は昨年と比較して一変した。以前にも小規模のイベントでメインとして担当していたこともあったものの、大規模のイベントは修平のサポートであったり資料作成や分析を主体として行っていた。今回は会社としても大規模なイベントの上に、初めてメインなのだ。プレッシャーも半端ない。

八月に入り、イベントまであと一ヶ月もない状況となった中で久しぶりにゆっくりとくつろぐ休日の今。

（なつめとも半年以上、こうして暮らしているんだ……）

家には、当たり前のように傍《そば》になつめがいる。突然の同棲《どうせい》に緊張していた日々が懐かしいぐらい、なつめは沙苗の生活に溶け込んでいた。

「沙苗。ちょっと時間貰ってもいいかな」

「え？　うん」

承諾すると、なつめは機嫌良さそうにその場を離れた。

しばらくすると何かの荷物を持って戻ってくる。

手にしていたのは一枚の浴衣だった。薄浅葱《あさぎ》色の生地に稲穂の模様が鮮やかに描かれたものだった。浴衣と合わせて茜色《あかねいろ》の帯も一緒に持ってきており、そちらには彼岸花のような花が刺繍《ししゅう》されていた。

「それ……浴衣だよね」

「そう。可愛《かわい》いだろ？」

その場で浴衣の袖を広げれば、美しい金色の稲穂が薄浅葱の中に広がっているのが見える。まるで青空の中に映える稲穂の金色のようだった。

「うん……可愛いけど」

（これをどうするつもりなんだろう？）

言葉に出来ず次の答えを待つように、沙苗がなつめを見上げれば、彼は至っていつもの笑顔でとんでもない発言をする。

「沙苗に着て欲しくて持ってきたんだ。試着してみよう」

「………はい？」

インナー用の半袖を着て両手を広げた沙苗の後ろから薄浅葱色の浴衣の袖にゆっくりと手を通していく。背後に立つなつめが沙苗の首横から腕を伸ばし、浴衣の襟元をもって右前に合わす。首元が苦しくならないよう細長い指で調整をされる度、沙苗はくすぐったい感覚に身体をびくつかせる。

「沙苗って敏感だね」

揶揄《からか》うように言ってくる。

「もう……それにしても、なつめって浴衣の着付けも出来ちゃうんだね……」

あまりのハイスペックさに脱帽した。ちなみに沙苗は一人で着ることは出来ず、いつも親戚のおばさんに頼んでいた。といっても、中学ぐらいになってからは浴衣を着て夏祭りや花火大会に行くことなど無かった。

「そうだね。住んでいた家で着ている服が浴衣とか着物ばかりだったから、むしろこういう服の方が馴染《なじ》み深いかも」

「そうなの？」

意外であるのと同時に、初めてなつめの口から彼に関することを聞いた。なつめは多くを語らない。秘密主義でもなく、聞けば答えてくれるものの、自分から自分の事を話すことが全くなかった。

「うん。みんな和服だったよ」

「ええ……それはなんか……すごいね」

(語彙力が無さすぎるよ、私！)

詮索しすぎても失礼だし、かといって気にならないわけじゃない。

(和服ばかりの家族って何？　旅館とか老舗の和菓子屋さんとか着物屋さんとか……あと

は)

神社。

言葉には出さなかったが、沙苗の中でそれが一番当てはまるのではないかと思った。

神社に願ったことによって現れたなつめ。だとすれば、神社に何か関わりのある家だったのかもしれない。

「……なつめの家って」

「はい。出来たよ」

気づけば姿見の前には浴衣を着た沙苗が立っていた。着崩れなど一切なく、皺《しわ》一つなく綺麗《きれい》に整えられた浴衣は、眺めているだけで惚《ほ》れ惚《ぼ》れするデザインだった。後ろを向いて帯を覗《のぞ》き込んでみる。沙苗に似合う大人びた雰囲気のある結び方で形よく作られていた。

「華々しいリボンとかでも似合うと思ったけど、帯の刺繍が狐花《きつねばな》だから華やかよりは落ち着いている方がいいかと思って」

「狐花……？」

聞いたことのない花の名前だった。帯を覗き込んでみるが、どう見ても彼岸花にしか見えなかった。

「ああ、ごめん。彼岸花のことだよ。彼岸花は狐花とか、他には死人花《しびとばな》とか別の名前をいくつも持っているんだ。僕はいつも狐花って呼んでるんだ」

「どうして狐なんだろう」

彼岸花を見てもどこにも狐の要素が見当たらない。

「伝承による名前だから不確かだけれど、花の茎部分に毒があるからだとか、化かされるように花が咲くからとか色々言われているよ」

珍しくなつめが眉を下げ、つまらなそうな声色で説明する。その様子が珍しくてじっと彼を見る。視線に気づいたなつめが、どこか気恥ずかしそうに視線を逸《そ》らした。

「狐が比喩として使われる言葉ってどれも印象が悪いんだよ。狐に小豆飯《あずきめし》、狐につままれる」

益々《ますます》嫌悪する表情になっていたなつめが、ふと沙苗を見る。突然目が合って驚いた沙苗の表情を見て、どこか寂しそうに笑った。

「僕が好きな花も狐薊《きつねあざみ》っていうんだ」

「狐薊……どんな花だろう」

聞いたこともない花の名前だった。

「雑草だよ。でも小さな薄紫色の花が綺麗でね。薊《あざみ》の花に似ているところからキツネアザミって名付けられてる」

「なつめって前から思っていたけれど、博識だね……」

「年の功ってやつかな」

そう言いながら同い年か数個年上にしか見えないなつめは、沙苗をくるりと一回りさせると、腰に手を当てて笑った。

「完璧。可愛い」

「あ……………ありがとう」

恥ずかしさに俯《うつむ》いてお礼を告げる。

なつめと日々居るだけで、沙苗は満たされる時間を送っている。

(けれどなつめは?)

いつも何でもしてもらってばかりで、それこそ好意に甘えてばかり。

(私はなつめに何もしてあげられていない)

そんな不安にかられる度、なつめは沙苗に伝えてくれる。「僕がやりたいからやっているだけだよ」と。

「近くで小さなお祭りがやってるみたいだから、せっかくだし浴衣のまま行ってみない?」

「行きたい!」

「了解」

灰白色の瞳が嬉しそうに微笑《ほほえ》む。その度に沙苗の胸は大きく跳ね上がるようになったのは、一体いつからだろうか。

(私も何かなつめのためにできることないかなぁ)

なつめが支度をしている間、自身のスマートフォンでぼんやりと検索を繰り返す。

お礼、喜ばれる贈り物、男性……

(そういえばさっきの花ってどんな花だろう)

なつめが好きだと言っていたキツネアザミと打ち込んで検索する。

暫《しばら》くすると検索結果が表示される。

(外でよく見かける花だ)

雑草と言っていたことは本当らしい。春頃の道端で時折見かける花に似ていると思った。

贈るにしても難しいか……なんて考えている時、ふとした単語を見つけた。

花言葉だ。

「狐薊の花言葉は………『嘘《うそ》が嫌い』」

その文字がどうしてだろうか。妙に目に焼き付いたのだった。


翌日、いつもと変わらずに平日は始まっていく。休日にしっかり休んだことにより張り切って会議室に向かう。

今朝は始業早々に、ＢＬＩＮＧのライブに関する打ち合わせがあった。

事前準備もあるだろうと開始十分前に会議室に向かった沙苗だったが、会議室に入ってすぐに足を止めた。

「お疲れ様です」

「今日はよろしくお願いします」

「え……え？」

沙苗は慌てて会議室の前に掛けられたプレートを確認する。予約していた会議室の名前に間違いはない。

今日の会議に参加するメンバーは四人ぐらいだったはずなのに、何故《なぜ》か中には十名ほど席に着いていた。しかも、皆が一斉に沙苗に向けて挨拶をしてくる。

「沙苗、お疲れ様」

後ろからやってきたのは春子《はるこ》だった。そして春子も打ち合わせの参加者ではない。

「どうして春子がここに？」

驚いた顔をして春子を見ると、彼女は悪戯《いたずら》っぽい顔を浮かべ「説明は後々！」と言いながら沙苗の背中を押す。

どういうことだろうと席に座っていると森谷《もりや》が入ってきた。

「おはようございます。わぁ随分集まったね」

訳が分からない、という顔をしている沙苗を見て森谷があれ、と声を漏らす。

「若山《わかやま》さん、もしかして東《あずま》さんに言っていない？」

どうやら春子が関わっていると分かり沙苗は春子を見る。

「春子、どういうこと？」

「こういう大型イベントがある時は、人手が不足するから社内でスタッフの募集がかけられるのは覚えてる？」

「あ……」

言われて思い出す。

確かに、社内でスタッフを募集する案内が送られてくることがある。元々のスタッフでは人数が足りない場合や、クリスマスイベントの時のように集客目当てに告知を出すこともある。

本来なら自分が案内を出さなければいけないが、案内を出し忘れていたことに気付き一瞬にして顔が青褪《ざ》める。

「沙苗、その辺り全然発信していなかったでしょう？　そろそろ人手を集めないと他のイベントにぶつかって人を集められないと思って、森谷部長に許可を頂いて先に知り合いに声を掛けておいたの」

「そうなの？」

「今回ＢＬＩＮＧのイベントだから、絶対ミーハー目的で挙手してくる人も多いだろうから、公私混同しない人に声を掛けておいたわよ」

「あ……ありがとう！」

春子に言われるまで、当日のスタッフを集めることを失念していた沙苗は改めて頭を下げる。

（気を遣って進めてくれてたんだ……）

座っているスタッフ志願のメンバーを見てみれば、沙苗も顔見知りで話しやすい人が多かった。気心知れた人をわざわざ集めてくれたのだと分かる。

「それじゃあ、状況も分かったところで会議を始めようか」

森谷の言葉に気を取り直し、沙苗はプロジェクターを使いパソコンの画面をモニターに映した。

現時点でのチケットの売上、来場者数の見込み人数から算出される費用、当日の誘導の流れからBLINGのスケジュールまで、細部にわたって資料にまとめていた。

全ての説明を終えると感動したように森谷が資料を捲《めく》っている。

「それにしても本当によく出来た資料だね。とても分かりやすいし無駄がない。デザインも整っててタイムシフト表とは思えない見やすさだ」

率直に褒められて沙苗の頬が赤らむ。

「打ち合わせの中で出てきた昼のステージだけど、客の入れ替わりに混雑が予想されるだろうから、その部分だけ修正してもらったらリードさんにも送っておいて」

「はい」

その後も森谷の的確な指示で会議は進んでいき、あっという間に終わった。

（こんなにスムーズに会議って出来るんだ……）

普段の会議はもう少し時間が掛かってしまうことが多いのに、森谷が参加している会議だと時間が驚くほど短縮され、的確に次のやるべきことが明確化されて仕事の進みも早くなる。森谷が沙苗の仕事に加わってから明らかに仕事がやりやすいのだ。

（すごいなぁ）

若くして実力が認められ、会社で異例の速さで昇進したという森谷の実力に圧倒されると同時に、共に働く上司としてこれ以上ないぐらい頼りになる。

「東さん」

打ち合わせを終えて会議室の片づけをしていると、森谷から声を掛けられる。

「はい。何でしょうか？」

追加資料の相談でもあるのかと思い、少し緊張した表情のまま森谷を見ると、彼はどこか困ったように笑みを浮かべていた。

「うん、ちょっと。少しだけいいかな」

「はい……」

二人きりになった会議室に向かい合って座る。なんだか面談みたいだ。

「まだ社内に共有されていないことだけど、戸山《とやま》さんが退職されるそうだ」

「戸山さんが……」

沙苗の元上司である彼は、森谷が戻ってきてすぐに別部署に異動となったため、顔を合わせる機会が全くなかった。

「うん。今月には退職されるそうだよ。君と関わりはほとんどなくなってはいるけれど、一応事前に伝えておこうと思って」

「そうですか……」

伝えられたところで何も思うこともないため、返答に詰まった。

扱いがひどかった当時は辛《つら》かったし許せないと思っていた。けれど時間と共にその思いは風化していった。その程度の感情だったのかもしれない。

「まあ、叩《たた》けば色々な埃《ほこり》が出てきていたから、懲戒されてもおかしくないんだけど、そこは自分から退職の意向を出してもらったよ」

笑顔で怖いことを言っている。

「そうなんですねえ……」

末端社員には分からない事情があるのかもしれない。聞かないでおいた。

「仕事をしていく中で、気になることがあったら小さなことでも相談してね」

「はい！」

（頼りになりすぎる……！）

かつて繰り広げられた上司の悪行を思い出し、沙苗は拳を震わせた。

会議室を出ると、タイミング良く今日の打ち合わせに参加していた男性社員の姿を見て、沙苗は彼に用事があったことを思い出す。

「中村《なかむら》さんすみません、さっきの打ち合わせで一つ修正があって、今少しだけ良《い》いですか？」

「え！　何でしょう」

「ご提出頂いた数字の件なんですけれど……」

森谷も合わせて三人その場で軽く打ち合わせを済ませる。

「……ということで、森谷部長とも相談して定価の部分だけ数字を変更して頂ければ、先方には部長からお伝え頂こうと思います」

「すみません！　本当にありがとうございます！」

中村という名の社員は頭を下げると笑いながら言葉を続ける。

「いやぁ本当、東さんってしっかりして頼りになりますね！　きっと旦那さんも頭が上がらなそうだなぁ」

どうやら彼は雰囲気を和ませるために言っているらしいのだが、沙苗は笑顔を硬直させせた。

「……旦那さん？」

「いや、東さん指輪してるから結婚していらっしゃるのかな……なんて……」

どうやら失言だったと気づいたらしく、段々言葉尻が縮んでいく。

「中村さん」

森谷が呆《あき》れた声色で中村の名を呼ぶ。

「そういう質問は良くないよ」

「すっ……すみませんでした！」

九十度の角度で謝罪された。

「あ……いえ、いいんです」

慌てて左手の薬指に触れる。頬が熱い。

旦那さんという単語から、なつめと出会ってすぐに言われた言葉を不意に思い出す。

『初めまして、僕の可愛《かわい》いお嫁さん』

「その…………恋人はいます」

修平にもついた嘘は、今も会社で聞かれた時に言っている。

外れない指輪を着け続けていることから、社内で尋ねてくる者もいる。何より、聞かれたらそのように答えてとなつめに言われているのだ。

『恋人でもない人と一緒に暮らしているなんて説明もできないだろう？』

その恋人でもない人と暮らしている状況にさせた当人が事も無げに話していた。

しっかり伝えると、森谷が穏やかに笑みを浮かべて沙苗を見る。

「幸せそうだ」

「……………はい」

恥ずかしさから真《ま》っ直《す》ぐ見られず、沙苗は俯《うつむ》いたまま頷《うなず》いた。

普段の仕事している時とは違う、一人の女性らしさを浮かべた沙苗の様子を見つめていた森谷は、何かを振り切るように「そうだ」と声を出した。

「東さん、イベント当日だけれど一名だけイベントに招待出来る話は聞いてる？」

「いえ、知らないです」

「主担当として頑張ってくれてる人の特権だよ。良ければ君が使いなさい」

「あ、ありがとうございます……」

恋人の事を言われているのだと分かって沙苗の顔が益々《ますます》赤くなる。

「それじゃあ、後はよろしくね」

中村と沙苗に告げると森谷は次の打ち合わせ場所へと向かう。

廊下を進んで暫《しばら》くしてから一瞬、後ろを振り返る。

そこには未《いま》だ頭を下げている中村と、困ったように笑っている沙苗の姿があった。

「……公私混同。人の事言えないな」

少しだけ頭を掻《か》いてから、森谷は次の打ち合わせをすべく会議室に入っていった。


「おかえり」

帰宅をするとなつめがエプロンを着けてフライパンを手に持っていた。食事を作っている最中だったらしい。

「ただいま……」

鞄《かばん》を椅子に置きながら、料理を作るなつめの背中をぼんやり見つめた。

「今日は早く帰ってこれたんだね」

「うん……打ち合わせが思ってたより早く終わったから」

「そっか。…………どうしたの？」

華麗にフライパンで炒飯《チャーハン》を炒《いた》めていたなつめが手を止めて沙苗を見る。

「え？」

「穴が開くぐらい僕を見てくるから」

「ああ、ごめん！」

炒飯が優雅に弧を描く姿を見惚《みと》れるように眺めていた事実に気が付いて慌てて目を離し

た。

捲っていた腕は筋肉がしっかりとついていて、男性らしさを改めて意識してしまう。

露骨に動揺して目を逸《そ》らす沙苗を不思議そうに見ていたなつめだったが、器に炒飯を分けるとテーブルに運んできた。運び終えたその足で沙苗に近づくと耳元で囁《ささや》いてくる。

「沙苗ならいつでも僕を観賞していいよ」

「…………っ！」

耳を押さえ慌てて身を離す。

見ればなつめは悪戯《いたずら》に成功した少年のように微笑《ほほえ》んでいる。

「ご飯もうすぐ出来るからお風呂に入っておいで」

それだけ言うとキッチンに戻っていった。

「………もう……っ」

近頃、なつめといると心臓の音が煩《うるさ》いのは、悪戯のせいかもしれないと、自分を誤魔化した。

軽く入浴を済ませ夕食にする。今日も今日でなつめの手作り料理は中華らしい。炒飯に春雨《はるさめ》スープ、餃子《ギョーザ》とサラダ。

「美味《おい》しい……」

頬が落ちそうなほどの美味さにうっとりする。なつめの料理はいつも美味しい。たまには手抜きをしてもいいのでは？　と思うが、彼が手を抜いているところを見たことがない。

「今日も仕事ぉ疲れ様。そろそろイベントも近いね」

「うん。あ、ねえねえ。なつめも当日イベントに来ない？」

「BLINGのライブ？」

「そう！」

思い出したように鞄から一枚のカードを取り出した。

「スタッフの入場証なんだけど、一名なら連れてきていいよって森谷さんから頂いたの」

「森谷部長さん」

一瞬、間を置いた後になつめが静かに微笑む。

「森谷部長から頂いたんだ」

「そう。主担当として頑張ってるから、その……恋人にどうかって」

「幸せそうだ」と森谷に言われたことを思い出し、沙苗の顔は赤い。

なつめに渡したチケットにはBLINGのライブ名と日付、そしてスタッフだと分かる入場証らしいコードがある。

「どうかな。ライブもそうだけど、花火大会があるから一緒に見れたらいいなって」

「……いいの？」

「え？」

「仕事もあるのに、僕と見てくれる？」

なつめから発せられる声が真剣で、いつもの明るいトーンとは違い落ち着いていた。視線は真っ直ぐに沙苗を捕らえ、答えを待っている。

「……………うん。あ、でも仕事を優先しなくちゃいけないから、すぐ席を離れるかもしれないけど。でも」

見つめ返すだけで頬が熱い。

「なつめと花火を見たいと思って。こうして仕事がちゃんと出来るのも、BLINGのライブをここまで進められたのもなつめのお陰だから」

忙しい日々に追われる沙苗をサポートしてくれていたのはなつめだ。ただの一言も不満を吐かず、いつも優しく支えてくれた。時にはひどく甘やかす。そして最後には沙苗の望むことを応援してくれた。

「初めてメインで担当した大きな仕事だから、支えてくれたなつめと一緒に花火を見たいって思ったの」

「……………………」

吊《つ》り目の眼差《まなざ》しが驚いたみたいに開いていた。

まるで、狐《きつね》につままれたような顔だった。

「なつめ？」

名を呼ばれ意識を取り戻したようになつめが口を開くと、小さく笑った。

「ありがと。絶対に行くよ」

「良かった！」

「せっかくなら浴衣を着た沙苗と一緒に見ようと思ったけど」

「無理だよ〜仕事の最中だから動きやすい格好しないとだし」

「うん。じゃあ、それはまた今度」

カードを唇に寄せ、何処《どこ》か妖しい雰囲気を纏《まと》いながらなつめが席を立つ。

「ごちそうさま」

カードをポケットにしまい、空いた食器を持ってテーブルから離れていく。

（また今度、か）

浴衣を着てなつめと花火大会に行っている未来の光景を想像して、ますます沙苗は顔が赤らんだ。

（意識しすぎ）

首を横に振り、沙苗も食器を片し慌てて席を立った。

「なつめ！　今日は私が洗うから」

日常の時間がゆるやかに変化を遂げていく自覚を徐々に抱きながらも、それでも言葉にせず日々を続ける。

あまりの居心地の良さに、それこそ沙苗は甘えているのだ。

イベント当日。

早朝からイベント会場に向かう。なつめに一緒に行こうかと言われたが、あまりに長い時間になるからゆっくり来て、と告げて沙苗だけ出発した。

到着駅で降りてから思わず足を止める。早朝に近い朝だというのに、既に来場客がちらほらと存在していたのだ。

駅に貼られたBLINGのポスターの前で写真撮影をする女性や、大きな荷物を持って移動している家族連れの姿もある。

（みんな今日のイベントのために来ている人なんだ……！）

緊張と興奮を胸に沙苗は会場へ急いで向かった。

受付でスタッフの入場証を見せてから沙苗の仕事は始まった。

周囲にどんな業者が来ているのか、この時間には完了している予定の設営準備が問題ないか全て目視で確認をする。

沙苗は企画立案、進行の担当のため設営準備等は別の部署が中心となって行っている。あらかたの内容は把握しているものの、卓上の説明と現実は大きく違う。これだけ規模が大きければ尚更だ。

ＢＬＩＮＧがライブをするための大型ステージの前に到着する。野外ステージのため天井はなく剝《む》き出《だ》しになっており、見上げれば炎天の青空がよく見えた。

「晴れて良かったけど……あっつい」

季節は真夏。海沿いということもありべたつく暑さだった。清涼の対策としてミストを設置しているものの十分ではない。なるべく冷却できる空間や休憩スペースを作ってはいるが、暑さ対策が十分か心配になる。

歩いているだけで汗が滴ってくる。持参したペットボトルを口に含みながらスタッフが集結する仮設事務所に入室した。

「おはようございます」

「おはよう」

中には既に何名か社員が待機していた。移動式のエアコンも設置してあるため、建物の中はひどく涼しい。

「今日はよろしくお願いします」

頭を下げてから鞄を近くのテーブルに置いてノートパソコンを取り出した。

届いているメールや進捗状況を確認する。今のところ問題がないことを確認してからスケジュールを眺める。

「東さん、おはよう」

ふいに耳元で低音の声が聞こえる。振り返ると森谷が立っていた。

「おはようございます……！」

立ち上がり挨拶をしながら森谷の格好を見る。いつものスーツ姿と異なり半袖のシャツに薄生地のズボン。左腕についた銀の腕時計がポイントとなり、シンプルながらとてもお洒落《しゃれ》だった。

「晴れて良かった。あとは暑さをどうにかしたいね」

「はい。なるべく休憩所の開放と、できるだけ飲料水を確保できるスペースを用意しています。今日の交通は混雑するでしょうから予《あらかじ》めスタッフが駐車スペースで待機して下さってるそうですよ」

「それはいい。救護スペースはここだね」

マップを確認する森谷の眼差しは真剣そのものだった。部長という役職でありながら細部まで把握する姿勢には憧れを抱く。

その後も沙苗は森谷と一緒に会場内を歩き回った。

物販の確認や道順、交通整理の配置状況等まで細かく進めていく間に会場付近には人が溢《あふ》れるほど集まっていた。

開場時刻は十時で、屋外店舗はまだ何も開いていないというのに、会場である海浜公園は人だかりが出来ていた。海辺を眺めて遊ぶ人々の光景や、店が開くのを待つ女性達の姿。

「カフェを事前購入にしたのは正解だったね」

「はい……」

既に表示されている整理番号が直前の番号らしい女性陣が鬼気迫る表情で待機していた。沙苗も企画したコラボカフェ目当ての女性達だ。事前に店の近くで整理番号何番目まで並ぶように伝えてあるため、大きな混乱はなく進められていた。

十時になり開場のアナウンスと同時に、ＢＬＩＮＧの曲が流れる。周囲から歓声と拍手が鳴り響いた。

（始まったんだ……！）

盛大な歓声に胸が弾む。これからが本番なのだ。


「東さん、ＢＬＩＮＧの皆さんがいらっしゃいました！」

仮設事務所でリアルタイムに流れてくる情報や数値を確認していた沙苗はスタッフの声に顔をあげた。

もうそんな時間なのか、と立ち上がって事務所を出る。ＢＬＩＮＧのライブ自体は夜で、昼から行われるトークショウライブのために十一時に到着する予定になっていた。

　仮設事務所を出てすぐに目に映ったのは三人の男性の姿。サングラスに帽子で、なるべく素顔を隠しているが目立つオーラは隠しきれていなかった。

「お疲れ様です。よろしくお願いします」

　帽子とマスクを外し礼儀正しくお辞儀をしたのはリーダーであるハルト。

「よろしくお願いしまーす！」

　明るい声で挨拶をした赤髪の青年がソル。

　後ろから頭だけ下げているのはアオイ。マスク越しだったからなのか声は聞こえてこなかった。

「本日はよろしくお願いします。株式会社フォルテの東と申します。イベント運営のメインリーダーを担当しています」

「ああ！　いつもお世話になっています。リード・カンパニーの薄井《うすい》です」

　その場で名刺交換を終えると顔を合わせる。メールでのやり取りはあったものの初めて会った薄井は気弱そうな印象を与える男性だった。

「早速ですが十二時から行われるトークショウとライブの最終確認をさせてください」

「はい。昨日のリハーサルの時にもちょっと気になったことがありまして……」

　分厚い手帳を取り出した薄井と打ち合わせをしている間にメンバーは衣装を着替えに別室に向かっていった。

その後も興奮冷めやらない社員のスタッフに注意をしつつ時間は進んでいく。

時刻は十一時半。外からは蟬《せみ》が大合唱を始めている。気温、三十五度。


「みなさん、こんにちはー！」

けたたましい歓声は叫び声に近かった。鳴り止《や》まない悲鳴が続くのは、屋外ステージの中央、ＢＬＩＮＧのメンバーに向けられたものだ。

トークショウが始まり、三人が会場に向かって話し出す。炎天下だというのに、人々は歓声を上げて盛り上がりを見せている。

舞台の端から様子を窺《うかが》っていた沙苗は問題なく進んでいる様子に少しだけ緊張を解いた。今回、一番緊張する時間がＢＬＩＮＧのトークだった。時間通り進むか、観客が興奮して会場が混乱しないか、音響機材に不具合が出ないか。すべてを確認して問題なく進むことにやっと緊張が解けた。

（これが終われば、後はメインのライブと花火大会ね）

スマートフォンを確認する。夕刻から開始するライブに向けて天気予報は快晴。雨の心配はなかった。

ふう、と額から垂れる汗を拭う。

雲が太陽を隠すだけでも感謝したくなる暑さだ。

ふと、会場が更に沸き上がり、各場所に設置したスピーカーから盛大に音楽が流れだす。ライブが始まったのだ。

炎天下の舞台で三人が踊る。名前の通り華やかなダンスに、きらきらと汗が輝き流れ落ちている。歌いながらダンスパフォーマンスを続ける三人の技術は素晴らしかった。美しいメロディと共に聞こえる生の歌声は聴いている人々に感動を与える。三人の声が揃《そろ》った時、あまりにも心地好い。

初めて生で見る彼らのダンスや歌声、パフォーマンスにまさしく目を奪われる。息が切れるほどの激しい動きをしているとは思えない優雅な動きに、ただただ惹《ひ》きこまれていった。

曲がクライマックスに向けて終わると沸き上がる歓声が鳴り響いた。その勢いは観客席を揺らすほどに大きい。

「どうもありがとう！」

マイク越しに響く三人の声と共にステージから降りていく。興奮冷めやらぬ歓声は彼らが退場しても依然として響く。

「お疲れ様でした！」

観客から見えないステージ裏に行くと、スタッフが一斉に彼らを取り囲む。タオルとドリンクを渡し、すぐさま移動していく様子を見る。

（あれ……？）

三人の様子を見ていた沙苗が僅かに眉を顰《ひそ》める。

ステージを降りたハルトから汗が滴っていなかった。タオルを持って拭った可能性も勿《もち》論《ろん》あるが、それにしても妙に乾いているように見えた。

「次のステージ準備入ります！」

ステージの照明が消え、スタッフが一斉にセッティングを始める。沙苗は邪魔にならないよう場所を離れた。

「沙苗、見た⁉ 見たよね！ かっこよすぎ……推せる……！」

感動で興奮している春子に捕まると肩をおもいきり掴《つか》まれた。

「ちょ、春子落ち着いて……」

「落ち着いていられないわよ！ 沙苗～～～本当にありがとう……生きてて良かった……」

何故《なぜ》か目の前で合掌された。

昼のライブも落ち着いたところで沙苗の休憩時間になる。

「そういえばお弁当確保するの忘れてた……」

スタッフのために用意された仕出し弁当があったのだが、それも早い者勝ちのため最悪残っていない。

人の多いイベント会場のどこかで昼食を確保するのもハードルが高いと思っていると。

「沙苗」

賑《にぎ》やかな会場の中で透き通るように聞こえやすい低音の声。聞きなれたその声に沙苗は声の主を探した。

「こっちだよ」

いつの間にいたのか、沙苗の後ろに立っていたのはなつめだった。

夏らしく半袖の薄手のシャツ、日焼け防止用に休日一緒に買ったパーカー付きのカーディガンを着たなつめは清涼を感じさせる笑顔で沙苗を見つめていた。

「なつめ。いつ到着したの？」

「さっきのライブが始まったあたりだよ。沙苗、お昼は？」

「これから食べるところ」

「なら良かった」

そう言ってなつめは手に持つ保冷バッグを見せてくる。

「軽食程度だけどお昼持ってきた」

「ああ……！」

完璧すぎて涙が出そうになった。

保冷バッグを抱き締めながら、緩んだ頬でなつめを見上げる。

「これからお昼休憩だから一緒に食べよう」

なつめは少しばかり驚いたような顔をした後、柔らかく破顔した。

「沙苗と食べれるとは思ってなかったから嬉《うれ》しいな。いいよ。一緒に食べよう」

なつめの答えに沙苗も喜びを隠しきれないまま二人で会場の端にある休憩スペースに向かった。

そこは、海が見える砂浜に設置されたサンシェードがあった。可能な限り予算を使い日陰場所を作った甲斐《かい》もあり、さほど混雑はしていなかった。

「ここにしよっか」

比較的人の少ない場所を見つけ、沙苗はハンカチを敷いて石畳の上に座ろうとしたが、それを制しなつめがカーディガンを脱ぐと沙苗の座ろうとした場所の上に敷いた。

「どうぞ」

「…………ありがと」

一つ一つの動作が優雅で、沙苗の顔はみるみる赤くなる。

そうしている内になつめは保冷バッグの中身を取り出していく。

「塩入りおむすびとかなるべく塩分多めのおにぎりとあと漬物とか持ってきたよ。食後には冷えたデザートでスイカ」

「最高…………っ！」

手渡された綺麗《きれい》な三角形のおにぎり。ラップで包まれているそれを渡し終えるとなつめは自分の分のおにぎりを手に取った。

「それは何味？」

「昆布だよ。沙苗が持っているのは梅、あとシャケ」

「どっちも私が好きな具だ」

ラップを器用に外し、一口頬張るだけで空腹だった胃が満たされていくのが伝わってくる。

「美味《おい》しい…………！」

「家を出てから初めての食事かな」

「そう～働きっぱなしだったよ」

「お疲れさん」

優しく頭を撫《な》でられる。

「汗ついちゃうよ」

額から頭にかけて動き回っていたせいで汗でべたついている。それなのになつめは気にした様子もなく、沙苗の前髪から頭部を優しく撫で続けた。

「この後は夕方にライブが始まって、その後に花火だよね」

「うん。あっという間だね。それが終われば一山越えられた感じかなぁ～」

「山で言うなら七合目あたりかな」

「うーんそのぐらいかなあ」

なつめが作ってきてくれたおにぎりを頬張る。先ほど告げていたシャケだった。

「美味しい……なつめはおにぎり一つでも美味しいんだね」

「すごい褒めてくれる」

「当たり前だよ……！　わざわざご飯も作ってきてくれて、かつそれがこんなに美味しいなんて……」

「最高の旦那さんを持ったって思ってくれる？」

旦那様。

改めてなつめの口から言われ、沙苗の動きが止まる。

「沙苗の思う素敵な旦那様に僕はなれているのかな」

膝をついて聞いてくるなつめの顔は揶揄《からか》うように微笑《ほほえ》みながらも、どこか真剣さを感じさせる声色で沙苗に尋ねてくる。

「自分で言うのも何だけど、カッコよくて優しくて超ハイスペックな旦那に近づいているとは思うんだけど」

「……ええ、それは…………まあ」

十分なほどに。

運命だとか、きっかけは何であれ沙苗を好きだと告げてくれるなつめ自身は、本当に理想の相手だった。

「……確かに私はハイスペックで優しくてカッコいい旦那さんを望んだけれど」

顔をあげ、目に力を込めてなつめを見つめる。

「なつめの良《い》いところはそれだけじゃない。いつも辛《つら》い時や悲しい時に傍《そば》にいてくれること。言葉がなくても私を大切にしてくれる気持ちが……私は素敵だと思う」

お金持ちだとか、料理が出来るとか、家事をしてくれるとか、ひたすら甘やかしてくれるだとか。

なつめはその全てを叶《かな》えてくれた。けれど、それだけではない。

彼の最も素敵なところはそこじゃない。

「どんな私でも受け止めてくれるなつめがす……」

好きと言いかけて言葉を止めた。

(何を言おうとしてるの!?)

我に返り慌てて口に手を置いた。

「す、素敵なの……！」

間違ってはいない！　間違っては。

「……ありがと」

小さく微笑みながらなつめは沙苗の髪についた米粒を指で掬《すく》い自身の口に含んだ。

「少し塩気が多すぎたかな」

「……ううん。これで十分だよ」

いつものように笑って、いつものように話を始めるなつめの様子は何一ついつもと変わらないように見えるのに。

どこか辛そうに見えるのは、どうしてなのだろうか。

「東さん」

ふと、正面から声を掛けられる。

「森谷部長」

「お疲れ様」

涼し気な表情を浮かべた森谷が立っていた。立ち上がろうとする沙苗に対し「そのままでいいよ」と手で制す。

「午前中まで順調だね。物販や飲料の売上も見込みを大分超えている数値が出てたみたいだよ」

「うわ～良かった。嬉しいですね。スタッフの皆さんの手際が良いお陰です」

なるべく行列にならないよう考案した結果が成果として出ていることが率直に嬉しい。

ふと、森谷の視線がなつめに向かう。

「あ……彼はその………恋人です」

先日伝えた事を思い出し改めて紹介する。恥ずかしくて顔が上げられない。

「初めまして。葛葉《くずは》なつめです」

隣を覗《のぞ》き見ればいつものように人の良い笑顔でなつめが挨拶をする。

「初めまして」

「沙苗がお世話になっています。森谷部長の話もお聞きしてます」

「そうなの？　嬉しいな」

近くで休んでいるスタッフからやけに視線を注がれることに気付く。視線が痛い。

（なつめも森谷部長も顔が良いもんね……）

沙苗がなつめを恋人と紹介した瞬間、周囲から微《かす》かに驚いた声が聞こえた。

クリスマスパーティで紹介したことにより、一部の社員は「東沙苗には超イケメンの彼氏がいる」と知られているのだが、あくまでも一部の社員であって、大半の社員は知らなかった。

（あ……だからやたら不思議そうな顔をされてたのね）

いつもなつめと買い物に行く度、なつめに向ける男女問わずの視線には慣れてきていたものの、今日の視線はいつもと違う気がしていたのは、そういうことだったのか。

「こちらこそ東さんにはいつも助けられています。困ったことがあったらいつでも連絡ください」

そう告げると森谷はなつめに名刺を渡してくる。

「どうも」と受け取り、名刺の内容を一瞥《いちべつ》するとなつめはにこりと微笑んだ。

「まだ休憩時間中なので」

「ああ、ごめんね。それじゃあ東さんまたあとで」

「はい。お疲れ様でした」

森谷はなつめにも軽く目線で挨拶をすると何処《どこ》かへ移動していった。

歩いていく森谷の背中をなつめは黙って見つめていた。

「なつめ、どうしたの？」

「うん………」

心ここに在らずと言った様子で森谷の背中を見つめていたが、沙苗を見てにこりと微笑む。

「イケメンな部長さんだね」

「えっ、そうだね……」

四十代の落ち着いた物腰と穏やかに浮かべる笑みから社内でも女性に人気ではある。

「沙苗、デザートも食べれる？」

保冷バッグから冷えたスイカを取り出して渡してくる。

「食べる！」

渡された甘みにつられ、意識を食事に戻す。

姿の見えなくなった森谷がいた方向を物思う表情で見つめていたなつめの顔に気付くことなく、冷えたスイカを頬張ったのだ。


夕刻だというのに陽が落ちるのは遅く、会場は今も尚《なお》、蟬《せみ》の鳴き声と人の声で賑《にぎ》わっていた。

いまだ暑さは拭えず西日が全員を照り付けてくる。

食事を終えてなつめと別れ、沙苗は仕事に取り掛かる。

すると、衣装を担当しているスタッフが沙苗に声を掛けてくる。

「すみません。そろそろ夜のステージに向けて準備をしないと。BLINGの皆さんは？」

「今は別の特番で撮っていますね。もう少ししたら戻ってきます」

BLINGの夏のイベントに際し、他にもスケジュールが入っていることはマネージャーである薄井から予《あらかじ》め情報は共有されていた。テレビ番組で特集を組まれるため当日のインタビューを受けたり、ライブ映像を後日販売するための特典映像の撮影等、内容も様々だった。

撮影のために特設スペースも用意していたため、恐らくそこで撮影を済ませているのだろう。

その間、ステージは夜に向けて準備を進めていく。生演奏によるコーラススタッフやミュージシャンの楽器設置。

会場から離れたところでは花火の準備が進められており、既に設営の準備はほぼ完了していると連絡が来る。

予定より少し遅れてBLINGのメンバーがやってくる。

「遅れて申し訳ありません！」

薄井が申し訳なさそうに謝りながら三人を連れてくる。三人の姿はモデルのように着飾られた私服の様子から、どうやらファッション雑誌の撮影なども行っていたらしい。

沙苗は急いで誘導される三人の中、ハルトをじっと見る。

（あれ…………）

昼のステージが終わった時から気になっていた疑問が、今の彼を見て確信に変わる。

「待ってください！」

沙苗が声を掛けて三人を止める。

「何ですか？」

ソルがペットボトルの水を飲みながら振り返る。アオイはソルに釣られ足を止めた。

「ハルトさん」

彼は振り返らず立ち尽くしていた。声も出さない。

「具合どこか悪くありませんか？」

なおも沙苗が続けて問うと、他二人もその声にハルトを見る。

その瞬間、ハルトの足元が崩れ、その場にゆっくりと倒れかける。

「危ない！」

咄嗟《とっさ》に倒れないよう庇《かば》ったが、成人男性の全体重が自分に掛かると支えきれず沙苗は尻もちをついた。

だが、ハルトがそのまま地に突っ伏すことはなかった。

「ハルト君!?」

メンバーの叫びと薄井の慌てた声で彼の名を呼ぶが返事はない。

沙苗は急いでスマートフォンを取り出すと救急へ連絡を入れる。繋《つな》がると同時に説明を始める。

「救急です。はい、二十代男性。突然倒れて意識がありません」

冷静に電話越しの問いに応答しながらも心臓は煩いぐらいに早鐘を打っていた。

動かそうとするスタッフに仮設事務所へ連れて行くよう伝えながら、「冷やす物を持ってきてください」と伝えて電話に答える。

沙苗の上に倒れていたハルトを二人がかりで運んでいく。後に沙苗は続き、電話先の指示に従う。

いくつか質問を受けた後、電話先から可能性のある病名を伝えられた。

(やっぱり熱中症だった……)

昼に見た様子から、彼がのぼせているような状態に見えた時から気になっていた。激しい踊りを終えた後だから顔が赤くなっていたのだろうと思ったものの、ハルトだけ全く汗がなかった。

電話を終わらせるとハルトの衣服を捲《まく》り上《あ》げ、運ばれた保冷剤や氷水の袋で脇の下や首元、頭を押さえる。

「ハルトさん、分かりますか？」

何度か声を掛けるが目覚めない。

「薄井さん、彼の荷物と保険証を。彼を病院に搬送します。準備を」

病院という単語にメンバーと薄井の表情に不安が走る。

夜のライブのことを考えているのだろう。

「今は緊急時です。ハルトさんがいない状態で進行できるように考えて頂けますか」

「そ……そうですね。ソル君、アオイ君考えようか」

「う、うん」

明らかに二人が不安そうな表情を浮かべる。リーダーであるハルトが不在の二人の様子に沙苗は薄井を見る。

「私がハルトさんをお連れするので薄井さんはメンバーのお二人についていてください。何かあればすぐに連絡します」

「……はい。よろしくお願いします」

拳を握り、薄井は頭を下げる。

「アオイ君、ソル君急いで打ち合わせをしましょう。ハルト君が抜けた分のパート確認をしないと」

二人からの返事はなく、不安そうにハルトを見つめている姿は親鳥を待つ雛のように切なくも必死だった。

沙苗はアオイとソルを見据えた。

「ハルトさんが目覚めたら、すぐに連絡します。だからそれまでファンの皆さんをよろしくお願いします」

頭を下げる。

不安が拭えなかった二人が顔を合わせると、小さく頷《うなず》いた。

到着した救急車にハルトが運びこまれ、その後に沙苗は続く。近くに居た森谷に事情を伝えて現場の指揮を委任し、救急車に乗り込む。

乗り込んだ瞬間、なつめの姿が一瞬見えた気がした。


病院に着いて治療を受ける間に時刻は刻々と進んで行く。

「う……」

治療を終え病室のベッドで眠っていたハルトが微かに声を漏らすと目を開けた。

「ハルトさん、良かった」

ようやく目覚めた事に安堵《あんど》し、看護師を呼ぼうとした沙苗の腕をハルトが掴《つか》んだ。

「今、何時ですか……？」

「夕方の十八時過ぎです」

ハルトの顔が青ざめる。花火の打ち上げは十九時に始まり、それと同時にライブを始める。

「行かないと……」

「待ってください。まずは医者に診て頂きましょう」

沙苗は立ちあがりナースコールを押し目覚めた事を告げると、間もなく医者がやってきた。

「熱中症による症状で運ばれてきました。処置も早かったお陰で大事には至りませんでしたが、なるべく安静に過ごしてください」

そんな、と声に出さず口を開いたハルトの目は悲しそうだった。

医師による診察を受けている間に沙苗は薄井に連絡を取る。目覚めたこと、落ち着いたら会場に戻ること、なるべく安静に過ごすよう言われたこと。

電話越しの薄井は残念そうな声をしていた。

「…………薄井さん。これは相談なんですが」

病室を少し離れ、沙苗は薄井にとある提案を持ち掛けた。


会場に向かうためにタクシーを呼べば、病院から会場まで三十分ほどだという。

ハルトは黙って俯《うつむ》いていた。一度だけ沙苗に対し、深く頭を下げて詫《わ》びてきた。体調を崩すのは自己管理のなっていない自分のせいだと、深く深く頭を下げた。

タクシーの後ろの席で外を眺めていると、会場近くからヒュルルルと音が鳴りだした。

薄暗かった空が明るくなる。

「始まりましたね」

「…………」

打ち上げられる花火はタクシーで移動する最中、建物の隙間から微かに見えてきた。

スマートフォンがバイブレーションで揺れる。中身を確認すると沙苗はハルトに顔を向けた。

「ハルトさん。薄井さんから許可が下りましたので一つ提案します。ここから会場まで急いで行けばきっとラストの曲だけは間に合うはずです。最後の、今回発表する予定の新曲です。この曲だけ参加しましょう！」

「…………え」

「なるべくハルトさんのダンスパートを減らして頂くよう調整できないか確認して頂きました。新曲のダンスパートをソルさんに調整して頂き、ハルトさんのパートを即興でアレンジして頂きました。今そのパートの動画を送ります。移動時間で覚えられますか？」

早苗は自身のスマートフォンを見せる。

そこには、アオイとソルによる新曲のダンスが流れていた。本来のダンスと違い内容を改変したダンス。振付師の一人がハルトのパートを代理で踊っている。ほとんど踊らず、けれど二人の邪魔にならないようにリズムを刻みパフォーマンスを見せる姿は、見ていても違和感のない仕上がりになっていた。

「……っはい！」

ハルトは移動の時間も惜しいとばかりに沙苗のスマートフォンを手にすると車の中でひたすら映像を繰り返し見た。

メンバーからのメッセージは何一つない。存在するのは、必ずリーダーであるハルトが戻ってくると信じて踊る二人の姿であった。


会場は盛り上がりを見せていた。が、観客席のペンライトは黄色の照明がちらほらとしか見えなかった。

出番になってもハルトがステージに上がってこないことに不安の声があがる。メンバーが事情を説明すると、会場から悲痛な声があがりだす。不安と心配、残念な気持ちを隠し切れない様々な声だ。

それでも二人は歌う。一人穴のあいた状態を埋めるように、違和感を与えないように。花火に負けないような華々しさでパフォーマンスを見せた。

汗が伝い息を切らしながら、花火も終えて静まり返るステージで二人は待った。イヤフォン越しに聞こえてくる会話にようやく表情を和らげて、会場に向けて大声で叫ぶ。

「最後に新曲を歌います……！　三人で！」

会場に歓声が沸き上がる中、照明が消える。

ステージのスポットライトが一人を照らす。金色の髪が照明にあたり煌《きら》めいて、彼らのグループの名前のようにキラキラとしていた。

歌が流れ始めると、まるで以前から練習していたかのように流れるようなダンスが始まる。それが、録画した動画を見ただけの動きとは、知る人じゃなければ分からないだろう。

ステージの横で沙苗はその光景を眺めていた。それから歓声で彼らを迎える観客の姿を。喜び、時には泣いて聴き入る姿。喜びを噛《か》みしめながらステージの三人を見つめる観客の様子を見て沙苗は満足げに笑った。

「東さん、お疲れ様でした」

森谷が隣に並ぶ。

「森谷部長。色々ご対応頂きありがとうございました」

「いえいえ、東さんの采配が良かったお陰で僕は何もしていないよ。みんな、自分の役目をしっかり果たしていただけだから」

ひときわ大きな歓声が沸き起こり、BLINGのメンバーがステージ袖に戻ってくる。グループの名前に相応《ふさわ》しく、煌めくオーラはステージを離れても尚《なお》輝いているように見えた。

「どうやら終わったみたいだ」

ハルトの様子を見ると、僅かに疲れた表情はしていても満足そうな笑顔だった。

ふと、ハルトと目線が合う。するとハルトは真っ先に沙苗の元に来て手を握り、頭を下げた。

「本当に……ありがとうございました！」

「え……」

「薄井さんから『東さんから最後の曲の相談を受けた』って聞いて。自分が倒れてから病院に搬送してくれただけじゃなく、ライブでやりたいことをやらせてくれた東さんには感謝しかありません」

「僕からも、ありがとうございました！」

隣に並んだソルが同じく手を握り締めて頭を下げてきた。

「……ありがとう」

何処《どこ》か気恥ずかしそうにアオイもまた手を握る。

アイドル三人から手を強く握り締められ、硬直する沙苗の隣で森谷は笑う。

（何これ何これ……！）

「モテモテだねぇ、東さん」

「森谷部長……！」

周囲からは拍手まで沸き起こり、沙苗は少しだけ泣きたくなった。

『以上を持ちまして、本日の『サマースパークリングライブ』は閉幕致します』

会場の照明が少しずつ落ちていく。

スピーカーからは帰宅を促す穏やかなBLINGのバラード曲が流れている。家族連れは花火に興奮しながら、BLINGのメンバーは新曲に感動して泣いたり笑ったりしながら帰っていく。

その間もステージ袖や会場内では撤収作業が進んでいた。業者も手慣れた様子でテントを解体しトラックに運んでいく。

（あっという間だったなぁ……）

片付けられていく景色が、何処か物寂しくて沙苗はステージやテントを眺めていた。

「東さんは早朝からお願いしていたから、あとは私達が手伝いますよ」

「そうそう。バタバタしてゆっくり出来なかったでしょう」

「春子、皆さん……ありがとう」

手伝いに来てくれていた春子や同僚のメンバーの言葉に甘え、沙苗は仕事を終えた。

支度を済ませ、なつめを捜し歩く中、少しずつ片付けられていく会場を眺める。

（本当に終わっちゃったんだ……）

「沙苗」

後ろから声を掛けられ、慌てて振り返る。

「なつめ。今日……ごめんなさい」

どうしてもちゃんと伝えたかった言葉を沙苗は伝える。

「一緒に花火を見ようって約束してたのに守れなくてごめん」

なつめは沙苗の元に近づくと、沙苗の頭にポンと手を置いた。幼い子供を褒めるように、頭を撫《な》でる。

「よく頑張りました。一生懸命な沙苗が大好きだよ」

見上げた先の瞳は相変わらず優しく、そして愛おしそうに沙苗を見る。その表情を見ているだけで、沙苗の感情が緩んで涙が零《こぼ》れた。

涙を拭うようになつめが抱き締めてくる。沙苗が顔を彼の胸にそっと押し当てれば、なつめからは何処か涼やかな花の香りがした。

「………汗思いっきりかいたから臭いかも」

「潮の香りで分からないよ」

照れくさくなって誤魔化すように言ったことなどお見通しなのだろう。

「花火、一緒に見たかったな」

仕事のためとはいえ、自分で企画していた時から楽しみにしていた花火はタクシーで移動中、ビルの隙間から見た程度だった。病院に付き添いしたことを後悔なんて全くしていないが、残念なものは残念だった。

防波堤の近くで海を眺めれば、そこには大きな闇夜が広がっている。照明も消えた海は暗く、波の音だけが存在を表している。

「……沙苗。少しだけ付き合ってくれる？」

抱き締めていた身体《からだ》を離すと沙苗の手を握り、なつめが歩き出す。

隣に並んで海沿いを歩き出す。会場から離れ、そこは海と闇しか存在しなかった。人の姿は見えず、なつめの向かう先は車通り沿いからも外れ、車の走る音すら聞こえなくなった。

波の音しかない闇の世界。まるで飲み込まれそうな雰囲気にどこか恐怖を感じさせる。

「どこに行くの？」

「この辺りでいいかな……」

なつめは辺りを見回すと、ここが良《い》いと沙苗を昼のようにカーディガンを敷いて座らせる。沙苗だけが座って海を眺めている状態に首を傾《かし》げる。

「なつめ？」

「見てて」

少し先に立つなつめの顔は暗くてよく見えなかった。けれど声色は何処か楽しそうに聞こえる。

なつめの声と同時に、沙苗の辺りに仄《ほの》かな光が灯《とも》り出す。それは海の先にも、沙苗の傍《そば》にも灯り、まるで蛍のように揺れて飛んでいく。

「な……に…………？」

感動で声が掠れる。

あまりにも幻想的で美しい景色に、目も心も奪われる。

仄かな光は火のように微《かす》かに揺らめいて影を揺らす。時にふわふわと風船のように飛んでは消えていく。そんな幻想的な光景を沙苗は初めて見た。

「すごい……何これ……！」

「花火ほど雅《みやび》ではないけれど、悪くないだろう？」

「これ、なつめがやってるの……？　どうやって……」

暗闇で何も見えないが、到底仕掛けがあるようには見えなかった。少し離れた場所に立つなつめがどうやってこの光を灯しているのか沙苗には全く分からない。

「仕掛けが分かると白けるというのがマジックだからね。内緒」

早苗に近づいてくるなつめの辺りに淡い光が灯っていて、ようやく彼の表情が見えた。光に照らされているのか、いつもより灰白色の瞳が輝いて見える。

なつめがゆっくり手を上げれば、まるで操られるようにゆらゆらと辺りに揺れていた光が一斉に空に昇っていく。

それは、魔法という言葉が沙苗にとって一番しっくりくる光景だった。

光を操るように空に手を伸ばし、光を空に放つなつめの姿は魔法使いのように幻想的に見えた。

「どうかな」

「……なつめって魔法使いだったんだね……」

仕事の内容を内緒と言ってはぐらかされていたのも、魔法使いだからかもしれない、なんて本気で思う。

「ははっ……いいねえ、魔法使い」

「だって、本当にすごかった……魔法みたいで綺麗《きれい》……」

「喜んでくれた？」

「それはもう！」

今でも興奮が冷めず勢いよく頷《うなず》く。

なつめは沙苗の隣に座ると、穏やかに沙苗を見つめる。海風によって乱れる沙苗の前髪を掬《すく》い、耳にかける。

「花火大会を見逃した沙苗に僕から出来る精一杯のご褒美……だよ？」

反則すぎる。

イベントを企画して、多くの人を喜ばせる仕事をした沙苗を誰よりも驚かせ、喜ばせてくれる人が目の前にいる。

「ご褒美が大きすぎる……」

嬉《うれ》しくて耳まで赤く染め、顔を膝に埋める沙苗を隣で小さく笑うなつめの声が心地好い。

夜空に舞い散る光の粒のように、沙苗を照らし輝き煌《きら》めく存在が。

もしかしたら本当に、隣で笑う灰白色の瞳の青年なのかもしれないと。

沙苗は信じたくなった。


二日後。

「ゲホッ……コホッ」

寝室のベッドで横たわる沙苗の姿。夏だというのに布団は首元までしっかり掛けられ、頭には氷嚢が置かれている。

顔は真っ赤で、目はぼんやりと天井を見つめている。

「うぅ……喉痛い……」

暑い夏の日、海の傍で一日中走り回ったことと、溜《た》まりに溜まった疲労がイベント終了と共に溢《あふ》れ出《で》たようで、イベント翌日沙苗は高熱が出た。

疲労によって免疫力も下がっているから、とにかく安静にと言われ一日中寝ていたのが昨日。

そして今日。熱を測れば三十七度八分。昨日より多少下がったものの、いまだ体調は回復しない。

「沙苗〜おかゆは食べれる？」

「うん……」

扉の前で掛かった声に返事をすると、なつめがお盆を持って入ってきた。微かに湯気が見えるお盆の中心には卵がゆが載っかっていた。

「昨日より元気そうだね」

「頭が痛いのは減ったんだけど喉が痛い……」

「そうだね。すごい声」

スプーンでおかゆを掬うと軽く息を吹き冷ますなつめ。そして当たり前のように沙苗の口元に運んでくる。

「火傷《やけど》しないようにゆっくりお食べ」

「………自分で食べられるよ」

「病人は大人しく言うことを聞きなさい。ほら、あーん」

まるで子供扱いなので、とても恥ずかしい。とにかく恥ずかしいが、こういう時のなつめは実行するまで諦めないことを沙苗は知っている。

ゆっくり口を開けると遠慮がちにスプーンが口の中に入ってくる。

痛む喉にも優しい水気の多いおかゆは、口に入れた瞬間は微かに熱くてびっくりするものの食べられない熱さではない。あまり噛《か》まずに飲み込めるおかゆの美味《おい》しさに眉も下がる。

「うん。よくできました」

「子供扱いしてる」

少しだけ拗《す》ねつつ、それでももう一杯と掬ったスプーンを差し出されて口に含む。

なつめが笑う。

「僕はいつだって沙苗を恋人扱いしているんだよ」

「……………恋人にもこんなことしないよ」

少なくとも沙苗はやらなかったし、修平にされたことなんて一度もない。

「そう？　じゃあ、僕だけだって覚えておいて」

もう一口掬って口元に差し出される。

黙って口を開きおかゆを食べる。顔が熱いのはきっと、熱のせいだ。

全て食べ終えてから薬を飲んでもう一度眠る。薬の効果もあってか、熟睡の末に目覚めると窓の陽はすっかり夕暮れ色に染まっていた。

（もう夕方か……）

朝食におかゆを食べてからすっかり眠っていたらしい。そのお陰か、朝より随分体調が回復していた。

温《ぬる》くなった水嚢をベッドの横に置いた時、沙苗のベッドの横でなつめが眠っていることに気付く。

「なつめ……？」

傍で眠っていたなつめに驚きつつ声を掛けるも、彼は目覚める様子はない。このまま起こすのも憚《はばか》られ、沙苗は静かになつめの眠る顔を見つめた。

長い睫毛《まつげ》は目を閉じているとより一層長さが引き立つ。ホクロ一つない綺麗な肌に切れ長に見える眦《まなじり》。通った鼻筋はいつ見てもモデルのように美しかった。

珍しい色合いをしている橙色《だいだいいろ》の髪は根本まで綺麗な色をしている。なつめの顔立ちが端整すぎることもあり、明るい髪色がとてもよく似合っている。

よく考えてみれば、なつめの眠る姿を沙苗は初めて見たかもしれない。いつも寝る時は別室で、朝目覚めてもなつめの方が早起きだから寝ている姿を見た事がない。

（少し幼く見えるんだ……）

珍しそうに眺めていると、なつめの瞼《まぶた》が微かに揺れる。ゆっくりと目が開き沙苗と目線がぶつかった。

「あれ……寝てたんだ」

「そうみたいだね」

まだ頭が起きていないのか、ぼんやりと窓の光を見て「もう夕暮れ時だ」と告げると立ち上がり、沙苗の額に手をあてる。

「熱は下がってきたみたいだね。体調はどう？」

「だいぶ良くなったよ」

安堵《あんど》した表情を浮かべるとなつめは部屋の灯りをつける。眩《まぶ》しい光に一瞬目をつむる。

「タオルを取ってくるから身体を拭いて着替えて。食事を作るけど……何か食べたい？」

微かに食欲が戻ってきている気配はあるが、喉がまだ痛む。

「うどんかなぁ」

「うどんね。油揚げも載っけてあげよう」

「わ、キツネうどん大好き」

聞いているだけでお腹《なか》が空いてくる。この調子なら明日には治っているかもしれない。

部屋から出ていくなつめの背中を見つめていた沙苗は、一人きりになった部屋でベッドに横たわる。

静まりかえる寝室。窓から微かに虫の鳴き声が聞こえてくる。

「………」

どうしてか、一人になった途端ひどく寂しい気持ちに襲われた。

たったさっきまで傍にいたなつめは、壁一つ向こうで沙苗のためにうどんを作ってくれている。少し離れた先でガスコンロを点ける音が聞こえてくる。

(何でだろう……すごく寂しい)

病気になると人は心細くなるという。

(修平と付き合っていた時だって、こんな気持ちになったことないのに)

沙苗が風邪を引いても心配するメッセージをテンプレートのように寄越すだけで見舞いに来ることなんて一度もなかったが。

ベッドの中で横になりながら自室の扉を見る。扉一つ向こうになつめがいる。それが寂しくて、けれど安心する。

(どうしたんだろ……私)

一人で過ごすことなんて当たり前だと思っていた。体調が悪くなろうと無理をして働いて、今みたいに風邪を引いても一人で寝込んでどうにか治していた。

けれど今は違う。

具合が悪ければ心配してくれる人がいる。当然のように看病してくれたり、優しい言葉をかけてくれる人が傍にいてくれる。

病気になると、こんなに心細い気持ちになるのだと……どれだけなつめという人に甘えているのだと、嫌というぐらい思い知る。

（なつめという存在が、どれだけ自分の中で大きいのか……分かってしまった）

働きづめで、心も体もボロボロだった。一人で踏ん張って立っていたけれど本当は辛《つら》くて泣きたくて、立ち上がりたくなんてなかった。それでも負けないと自分を鼓舞して生きてきた。

けれど知ってしまった。

人に大切にされる、甘やかされることを。

辛い時は休もうと手を差し伸べられた時の温《ぬく》もりや、一緒に食べるご飯の美味しさや、「よく出来ました」と褒めてくれる言葉の嬉しさを。

「好きだよ」と言われることが、こんなにも嬉しいことを。

「…………私も…………好きだよ」

頬から一筋の涙が伝い落ちる。

言葉にしてようやく思い知る。

（私は、なつめが好き……）

いっそ想《おも》いを素直に伝えてしまおうかと思い至るも沙苗は首を小さく横に振る。

（私はなつめに何も返せていないし、まだ分からないことが多い）

これだけ長く一緒に過ごしていても、なつめにはまだ分からない一面があった。あえて彼が語らないのか秘密にしているのか、なつめはなつめ自身の事を多くは明かさない。

何より、傍《そば》で暮らしているからこそ分かってきたことが一つあった。

(なつめは、何かを隠したがっている)

それは、ほんの僅かな会話の隙間であったり、時々ふいに感じるなつめ自身に対する違和感。時々何処《どこ》か物寂しそうに沙苗を見ては目線を逸《そ》らす瞬間が、本当に時々だけれどある。そんな、微々たる違和感が確かに存在する。

何よりなつめは、彼自身が沙苗を好きだと告げても、沙苗からの答えを聞こうとしたことは一度も無かった。

(まるで……私が好きになると思っていないみたいに期待をしていない)

それがどうしてか、今になってとても寂しい。

(求められたいと思ってたんだなぁ……)

相手から一方的に想いを告げられるだけでは、駄目なのだと初めて知る。

(すごいや)

恋というものは、こんなにも我儘《わがまま》なのだと沙苗は初めて知った。

「沙苗」

扉のノック音と同時になつめの声。

「うどん出来たよ。食べに来れる?」

「うん。今行く」

なつめの声が聞こえるだけで、心が満たされる気持ちになる。
ベッドから立ち上がり、ボサボサの髪に気付いて慌てて机に置いてある櫛《くし》で梳かす。
だらしない姿も、ボサボサの髪もすっぴんの顔も既に知られているのに。
本当にまったく、恋とは愚かだ。

四章　狐の婿入り

沙苗《さなえ》は深い眠りの中で、これが夢なのだという自覚を抱きながらその景色を眺めていた。

柔らかな稲穂が永遠に続く広い野原。

一人の男が、一目散に走っている。

羽織《はおり》が薄汚れようと、着物が土にまみれようと男は気にせず駆けている。

目はぎょろりと血走っており息も荒い。そして口では何かをぶつぶつと呟《つぶや》いていた。

男はどこかにたどり着く。霧がかかっていてよく見えないが、微《かす》かに赤い建物が見えた気がした。

ぽつり、ぽつりと提灯《ちょうちん》の仄《ほの》かな灯りが見える。

男はその場に膝を突くと頭を地に擦《なす》り付《つ》け祈った。

「願い奉る！……を、何卒《なにとぞ》何卒お願い申し上げます……！」

低い唸《うな》り声にも似た男の声が響く。提灯の灯りに隠れるように沙苗は男の背中を眺めていた。唸るような声は何を言っているのかまで分からない。ただ、何かを願っている様子だけが見て分かる。

（どういうこと……）

沙苗にはどうしてこんな夢を見ているのか分からなかった。夢にしてはあまりにも鮮明な映像。まるで実際に目の前で起きているような不思議さ。吹く風のぬくもりさえ感じるほどに鮮明な夢だった。

果たして男はどれほど祈ったのだろうか。何時間、何十時間と果てしない時間にも思えたが、ほんの数分の出来事かもしれない。

気が付けば映像は替わり、オンボロの家を見下ろしていた。

（ここ、どこ？）

驚いて沙苗は周囲を見渡したかった。けれど視界は変わらない。

まるで、誰かの意識に乗り移っているように視界は沙苗の想い通りにならなかった。

家の中から一人の男が出てきて水を汲《く》みだした。その男は、先ほど祈りを捧《ささ》げていた男だった。一体いつ戻ったのだろうか。

男が顔を洗っていると、周囲が騒がしくなる。どうやら他の人々が現れては何かを叫んでいるようだ。

何を喋《しゃべ》っているのか、沙苗にはどうしてか理解が出来た。

地主の男が死んだという。まるで猛毒を飲まされたように暴れのたうち、そのままこと切れたのだと。

祈りを捧げていた男の顔が喜びに満ち溢《あふ》れた。

その場で泣いて喜び手を合わせ「感謝します！」と天に向かって叫んでいた。

ふと、沙苗の視界が天を仰いだ。

「…………つまらないな」

退屈そうに、沙苗の視界の主が静かに呟いた。

（誰？）

その声の主を沙苗は知っている気がしたが、思い出すよりも前に次第に意識は薄れていく。

「……………………あれ……？」

目覚めた沙苗はぼんやりとしたままベッドから上半身を起こした。時計を見れば早朝五時。

「……………何の夢見てたんだっけ」

起こした上半身をもう一度枕に落とし目を閉じる。

先ほどまで見ていた夢の事は忘れ、新たな夢の世界に戻って行った。

夏に引いた風邪も完治し、気付けば季節は秋を迎えていた。

BLING《ブリング》のイベントを成功させた功績からか、沙苗の仕事は少しずつ変わっていった。今まで任されることのなかったような大きなイベントの企画から運営までの仕事が入るようになってきたのだ。

それでも、段々慣れてきたこともあり仕事にも余裕が出来た。以前のように遅くまで働いたり食生活を犠牲にするような働き方をしなくなった。

（それも全部……なつめのお陰）

帰れば美味《おい》しいご飯を用意して待っていてくれる人がいる。沙苗自身が仕事に余裕がなくなりそうな頃に、声を掛けて気持ちを落ち着かせてくれるのも全部なつめだった。

そんな彼と一緒に暮らすようになって三つ目の季節を迎えている。

相変わらずなつめは優しく沙苗を甘やかす。少しお腹《なか》が空いたと思えば料理が出来ているし、仕事に集中しているといつの間にかコーヒーが淹《い》れてあるし、買い物に行けば当然のように荷物を持ち、何なら沙苗の代わりにお金を出そうとまでしてくれる。

「好きだよ」と、挨拶のように告げてきては優しく撫《な》でてくるのに、けれど決して沙苗に同じ言葉を求めない。

それが以前は困っていたのに、今は寂しいと思うのは、きっと我儘なのだろう。

そして今日は、休日の過ごし方としてフットネイルの提案をされたのだ。

「なつめ……本当にするの？」

「うん。沙苗もいいよって言ったよね」

なつめが楽しそうな声で言ってくる。

「ほら。準備は出来てるんだから僕に向けて足を出してください、お嬢様？」

「言ったけど……………！」

「言い方！」

椅子に座る沙苗の前でなつめが爪やすりを持って待機していた。

（フットネイルしてくれるって言うからお願いしちゃったけど……したけど！）

「結婚式のために買ったミュールサンダル、足の爪先が見えるだろ？　ネイルをする予定なら今からやっておいた方が慌てなくて済むし」

（私より先に結婚式の事を考えてる……）

そんななつめの提案に対し「いいよ」と言ったことを今、沙苗は少し後悔している。

椅子に座った沙苗の片脚を伸ばさせ、近くの椅子に置かせる。伸ばした足先の正面には膝をついたなつめが見える。彼が自分の爪先に触れる光景を見ているだけでとにかく恥ずかしい。

足先をなつめの大きな手が持つ。

「沙苗が綺麗《きれい》になっていく姿を僕が作り上げているって思うと嬉《うれ》しいな」

「………」

「沙苗、耳赤い」

最近のなつめはわざと恥ずかしがらせている気がする。

「少しやすりで整えてからベースを塗っていこうか。結婚式までに完璧に仕上げてあげるからね」

「はい……………お願いします……」

（とにかく早く終わらせて欲しい！）

羞恥心で消えてしまいそうだ。

やすりで爪を整え始める。足裏に触れられているためくすぐったいが我慢する。

一本一本丁寧にやすりをかける手付きは優しく、けれども力強い。仕上げを終えると足先近くまで覗《のぞ》き込んで爪を確認する。その仕草一つだけで羞恥心が燃え上がる。

これは施術だからと自分に言い聞かせても、恥ずかしいものは恥ずかしいのだ。

片脚を終えるともう片脚の爪先を処理される。

沙苗は視線をどこに向ければ良いのか困りつつ、気を紛らわせるように口を開いた。

「それにしても急だよね。普通身内の結婚になったら顔合わせとかあるものなのに、兄ったら何の相談もなく結婚するから、の一言で済ませるんだから」

「うーんそれはそうかも」

そう。結婚式。沙苗は結婚式に招待されたのだ。

沙苗が招待された結婚式は、沙苗の一番上の兄のものだった。一ヶ月前に招待状が届いたことで初めて知ったのだ。

沙苗には兄が二人いる。歳《とし》の離れた長兄と、沙苗の二つ上である次兄の三人兄妹《きょうだい》だ。

沙苗が高校の頃に母を事故で亡くして以来、家族が顔を合わせる機会は激減した。父は仕事が多忙で常に出張や仕事で家に帰らず、長兄は随分前に独り立ちして家を出ていた。

次兄は父とソリが合わず、高校に上がると同時に家を出た。

そのため、実家に子供は沙苗しか残らなかった。

しかし沙苗も仕事を始めると同時に家を出たため、家族全員が集まるような行事は全くなかった。

（お母さんが生きていたら違ってたんだろうなぁ）

早々に独り立ちし我が道を行く長兄、父との喧嘩《けんか》が絶えない次兄をどうにか繋《つな》ぎ止《と》めていたのも母親という存在が大きかった。

「もしかしたら一番上の兄と会うのお母さんの法事以来かも」

「そんなに会ってないんだ」

「うん。真ん中の兄とはよく連絡は取るんだけどね」

話をしている間に両足のやすりが終わったらしい。沙苗の爪の汚れを落とすようになつめが丁寧に爪を拭いていく。

「次はベースを塗るよ」

「はい。お願いします……」

側に置かれていたベースコートを手に取ると蓋を開けてかき混ぜる。相変わらず手付きが器用で、瞬く間に爪先にベースコートが塗られていく。

「沙苗はどんな色がいい？」

「色……何も考えてなかった」

「それじゃあお任せでもいいかな」

「うん」

それじゃあとベースコートを塗り終えたなつめが手に取ったのはオレンジ、赤、金色のネイルだった。

「秋らしい色合いでしょ」

「本当だね」

あとは考える間もなくなつめによってネイルが塗られていく。デザインなんて何の見本も見ていないのに迷いなく塗っていく。その仕上がりは綺麗で、沙苗は恥ずかしさも忘れてじっと見入ってしまった。

「こんなものかな」

「ありがとう！」

足先を近づけて見てみれば、オレンジ色のベースに赤でグラデーションがかけられている。爪に散らした金色が煌《きら》めくデザインはとても華々しい印象を与えた。

ふと、自宅のチャイムが鳴る。

「誰だろう」

沙苗はなるべく塗りたてのネイルに触れないよう気を配りながらインターフォンのモニターを覗き込んだ。

「…………和兄《かずにい》？」

モニターに映る男性は、沙苗の次兄、和紗《かずさ》だったのだ。

「和兄って、沙苗のお兄さん」

「うん。ドア開けてくる……っわ！」

気を配って歩いていたはずなのに、ネイルを塗るために移動させていたケーブルが足に引っかかり転びそうになる。が、まるで予測していたようになつめが沙苗を抱き締めると、そのまま抱き上げた。

「危ないよ」

「な、なつめ！」

下ろしてと伝えようとしたところで、玄関の扉が開く。

「え」

「沙苗！　久しぶり。お前玄関のドアぐらいちゃんと鍵かけろ～？」

どうやら鍵をかけ忘れていたらしく遠慮もなく兄である和紗が入室してきた。

「…………あ？」

靴を脱いで部屋に入ってきた兄は、抱き上げられている妹の姿を見て固まった。

「ああ、本当だ。沙苗に少し似ているね」

和紗の顔を見て嬉しそうに告げるなつめが、沙苗を椅子に座らせると和紗に会釈する。

「初めまして。沙苗の彼氏のなつめと言います」


「それで……和兄は何しにきたの？」

未《いま》だに顔の赤みが取れないまま沙苗は和紗にお茶を差し出した。

「いや……頼みたいことがあったのと、ちょうど近くに来たから顔を出しただけ。沙苗は
なんというか…………色々環境が変わったみたいだな」

「まあ……」

傍若無人な兄にしては珍しく気まずそうな顔をしながら沙苗の顔を見てくる。

明らかになつめの事を言っている。

「えっと」

こほん、と軽く咳払《せきばら》いをしてから沙苗は自身の隣に立つなつめを見る。

「えっと……紹介するね。恋人……のなつめ」

(毎回嘘《うそ》だと分かっていても恋人と伝えるの緊張する……！)

「葛葉《くずは》なつめと言います」

笑顔を浮かべて名前を名乗るなつめを見つめていた和紗が顔を真っ赤にした後、沙苗を見る。

「イケメンすぎ。お前、どうやって手に入れたんだ？　弱みでも握ったのか？」

「和兄!!」

気を遣うという言葉を知らない次兄に沙苗の雷が落ちた。

「マジかよ……信じられねえ」

出されたお茶を啜《すす》りながら和紗は向かいに立つなつめをジロジロ見ていた。なつめは全く気にした様子もなく笑顔を絶やさない。

「いつから？　何がきっかけ？　何でコイツなの？　葛葉さんカッコいいからもっと良い人いっぱいいるでしょ」

「失礼すぎる……」

言いたい放題の兄を睨《にら》むが沙苗のことはまるで無視してなつめを見ている。

「去年のクリスマス頃からで、僕がひとめ惚《ぼ》れをして沙苗さんに想《おも》いを伝えました」

スラスラと答えていく。

「どうして沙苗さんか……言葉で説明するのは難しいなぁ。一緒にいたいと思ったから、としか言いようがないですね」

屈託なく笑うなつめの様子は惚気《のろけ》そのものだった。

和紗だけではなく見ている沙苗も顔が赤らむ。

「人は美醜で物事の価値を判断することがありますが、それ以上に大切にすべきものがあると沙苗さんと出会って知りました。だから、僕は彼女がいいんです……あ、だからといって沙苗が可愛《かわい》くないなんて言ってませんよ。彼女はとても可愛い。でも、それ以上に彼女自身に惹《ひ》かれたことがきっかけです」

「わぁ……ものっすごい惚気られた」

「和兄《かずにい》が聞いてきたんでしょうが」

軽く兄を小突きつつも、沙苗の顔はまだ熱かった。

「よければ一緒にお昼でも召し上がりませんか。何か作ってくるよ」

「なつめ、気を遣わなくてもい……」

「お、じゃあお言葉に甘えて頂きます！」

「和兄は甘えすぎ……」

和紗の様子に疲れた顔をしている沙苗に微笑《ほほえ》みかけると、なつめはキッチンへ向かった。

「……で、大丈夫なのかよアイツ」

なつめの姿が見えなくなった途端、小声で和紗が沙苗に話しかけてくる。

「大丈夫って……何が」

「あの人と付き合ってるって……嘘なんじゃない？」

心臓が跳ね上がる。

「……何でそんなこと」

「恋人っていう割に二人が壁作ってるように見えるからだよ。あと、お前嘘つく時に顔がすっごい緊張するから分かりやすい」

さすが兄弟というべきか……沙苗の癖をよく見抜いている。

だが、それ以上に気になる言葉があった。

「……なつめからも壁があるように感じるんだ」

その言葉が妙に引っかかり、そして辛《つら》かった。

「何となくだけど、な」

和紗の直感はよく当たるのだ。理屈ではなく相手の表情や様子、空気を感じ取って物事を見ることに長《た》けていることを知っているからこそ、彼の言葉を聞き流すことができない。

「俺が言えた立場じゃないけど、沙苗には色々苦労かけてるから。……お前のことを絶対に幸せにしてくれる奴じゃないと俺は認めない」

「何それ……」

　沙苗は小さく笑った。

「本当だぞ？　でもまあ、沙苗は葛葉さんのこと好きなんだろう？」

「え…………」

　顔がいっきに赤くなる。

「片想《かたおも》いみたいな顔しやがって。ちゃんと幸せになれよ」

「…………うん」

　不器用な兄なりに自身を気遣ってくれていることが十分に伝わるからこそ、嬉《うれ》しかった。

「お待たせしました」

　暫《しばら》くするとなつめが料理を運んでくる。

　運ばれてきた料理はカルボナーラとオニオンスープにコールスロー。どれも出来たてで、食欲をそそる匂いが部屋に充満する。

「あり合わせですけど、どうぞ」

「おお……」

　和紗は口をぽかんと開けながら食卓に並べられる料理を眺めている。

「え……これ、本当に葛葉さんが作ったの？」

「そうですよ」

席に座りフォークを渡してくれるなつめが当たり前のように答える。

「出来合いのやつを解凍したとか？」

「違うよ和兄。なつめ、全部手作りなの」

沙苗も同棲《どうせい》当初全く同じことを質問したため、和紗の気持ちがものすごく分かる。

「ま……マジかよ。俺、カルボナーラを家で手作りする奴初めて見たぞ。ソースを買って作るとか、冷凍チンするとかしか見たことない」

いただきます、と手を合わせて食べるカルボナーラ。口に入れれば麺に絡まったソースが甘く、ベーコンのしょっぱい味とソースの甘さがバランスの良《い》い味付けになっており、頬が落ちそうなほどに美味《うま》い。

「慣れるとソースを作るのも簡単ですよ。牛乳と卵とチーズがあれば何とかなるし。沙苗、美味《おい》しい？」

「え？　うん……美味しい」

「よかった」

隣の席で沙苗の食事を頬張る光景を見て和やかに微笑むなつめの視線に顔が熱い。

和紗と言えばひたすらカルボナーラを夢中になって食べていた。飲み込んでいるかのような勢いで食べ終わる。フォークを置いたかと思うと顔を覆い出した。

「和兄？」

「こんな美味い飯……惚《ほ》れるだろ……俺と結婚してほしい」

「何バカなこと言ってるの」

「うーん沙苗のお兄さんでもそれはダメかなぁ」

穏やかな物言いで和紗の求婚をあっさりなつめが断った。

食事を終えると、なつめによって出されたコーヒーを飲みながら会話を続ける。

「結婚で思い出した。葛葉さんもうちの兄の結婚式に参列しませんか？」

「……え？」

のんびりコーヒーを飲んでいたなつめが珍しく驚いた顔をして和紗を見る。

「ちょっと和兄。いきなり何言ってんのよ」

そもそも長兄の結婚式の話なのに勝手に決めるのはいかがなものか。

「一人ぐらいどうにかなるだろ。朋《とも》には俺から聞いておくからさ。考えておいてくださいよ」

「…………そうですね」

（なつめ……？）

彼の返答にどこか違和感を抱いて彼の顔を見るが、すぐにいつもの穏やかな笑みに変わる。

「そんでもって、沙苗に頼みたいことを言うの忘れてた。なあ、お前と俺の二人からってことで朋兄《にい》にプレゼント贈らね？」

「プレゼント？」

「そ。結婚祝いだよ。けど俺、そういうの考えるセンスないから沙苗に頼もうと思って。金は俺が多めに出すからさ。な。頼まれてくれない？」

「うーん、まあいいよ」

元々何か贈ろうと思っていたので丁度良かった。

沙苗の返事に和紗は喜ぶ。

「良かった〜。俺が選ぶのは自信無かったからな」

「まあねえ……」

かつて誕生日に贈られてきたプレゼントを思い出して沙苗は苦笑いしか出なかった。

「そんじゃあ、用事も済ませたし俺はそろそろ帰るわ」

立ち上がると脱いでいたコートを着る。

「なつめさんもご馳走様《ちそうさま》でした。結婚式の件、考えておいてくださいよ」

「はい。ありがとうございます」

「見送りはいいよ。じゃあな」

「気を付けてね」

来た時と同じようにあっという間に出ていく兄の背中を沙苗はぼんやりと眺めていた。

「本当に嵐みたいな人だなぁ……なつめ、急にごめんね」

「……嵐かぁ。言い得て妙だ」

「でしょ」

和紗が出て行った後は、二人でリビングに戻ると、少し躊躇してから沙苗はなつめに目線を向けた。

「……なつめ。もし結婚式行けるってことになったらどうする？　一緒に行く？」

「……………そうだね。一緒に行きたいな」

なつめの返事を聞いて沙苗は笑う。

「和兄のことだからきっと無理矢理にでも入れてくると思うよ。結婚式って案外ぎりぎりでも人数調整は出来ちゃうものだから。そうなると朋兄にも一応連絡入れておこうかな」

一緒に参列するということは、家族になつめを紹介することになる。

その事が沙苗には何処《どこ》か恥ずかしくも、嬉しいと思えてしまう。

(本当に恋人みたいだ……)

ただの友人でも同居人でもなく、恋人として紹介をする。それだけがこんなに嬉しいなんて。

沙苗は今もなつめに想いを伝えられないでいた。

和紗も言っていたなつめから感じる壁というものが、その想いを告げることを思い留まらせている。かといって沙苗から尋ねることは出来なかった。

聞いてしまえば、関係が終わってしまうような気がして怖かった。

（ずるいなぁ……）

本当の気持ちを知りたいと思う反面、本当の気持ちを知ってしまった時になつめが離れることが怖かった。

大切にされればされるほど、沙苗はなつめが分からなかった。嬉しい、愛《いと》しい。けれど何処か寂しい。

だからこそ、結婚式という特別なイベントになつめが参加したいと言ってくれたことが沙苗には嬉しかったのだ。

「……なつめ。さっきの兄のプレゼント、よければ休みに一緒に買いに行ってくれる？」

少し緊張しながら尋ねる。

（デートに誘うみたい）

いつも買い物を一緒に行ったりすることはあっても、改めて誘うことは無かった。

僅かに緊張で胸を弾ませていると、なつめが穏やかに笑って「いいよ」と告げる。

（良かった……）

願いが叶《かな》ったことに気持ちが緩む。

「そうと決まればどこで買おうかな。あと……兄に連絡も取らないとね」

携帯を手に取り長兄の連絡先を探そうとした時、突然のように右腕に電流が走るように痛みが走った。

「いたっ……！」

驚いて携帯を床に落としてしまう。

「沙苗？　どうしたの」

片付けをしていたなつめが駆けつける。

「ごめん。なんか急に右腕が痛くなって」

何処かでぶつけただろうか？　と思い袖を捲《めく》る。

「あれ……？」

こんな痣《あざ》があっただろうか。

右腕の肘裏から手首にかけて細長い青あざのような線が走っていた。それは到底打撲の痕とも思えず、触れてみるが痛みもない。

「ええ？　何だろうこれ。全然覚えがない」

何かの模様が痕になって付いたにしてもおかしい。首を捻《ひね》っていると、沙苗の腕をなつめが触れる。

「一瞬痛いと思ったんだけど、今は痛くないよ」

心配してくれているのだろうか。痛みがない事を伝えたものの、なつめの表情はひどく真剣だった。

「そっか……また痛くなるかもしれないから、今日は休もう」

言葉は穏やかだが、有無を言わせない圧があった。

「分かった……」

少し怖くなって沙苗が承諾すると、なつめの雰囲気が軽くなる。

「お風呂沸かしておくね」

捲っていた袖を優しく元に戻すとなつめはお風呂場に向かっていく。

「……………何だろう……」

何処か違和感を抱きながらも、その答えが見つかることもなくその日は夜を迎えた。

夢を見る。

どこか分からない広大な麦畑の中、誰かの視線で景色を見ていたような気がした。


数日後。

いつものように仕事に向かう沙苗は、どこかぼんやりとする頭を揺らしながら電車に乗っていた。

（最近おかしい夢を見ている気がする）

それも、常に同じような夢。誰かの視線で、どこかの広々とした自然の景色を眺めている。しかし目覚めるとどんな夢だったのか明確に思い出せない。

（それに、腕が時々まだ痛いんだよなぁ）

和紗が来た時に痛んだ右腕をさする。青あざは消えるどころかくっきりと痕を残していた。

ぶつけた記憶もなければ、常に痛みが続いているわけでもなく病院を頼ることも出来ない状態だった。

電車が止まる。

顔をあげれば、会社の最寄り駅に着いていた。

沙苗は人混みに流されながら電車から降りて歩き出す。その間も考えが浮かんでは消え、を繰り返す。

（まあ、悪化するようなら病院に行こう。それより朋兄のプレゼントどうしようかな）

スマホの検索で結婚式、贈り物、など検索をしては商品を眺める。

今度の週末になつめと買い物に行く約束をしたものの、何を買うか決めていない。

（朋兄のプレゼントもそうだけど……なつめにも何か贈りたいな）

初めて出会ってからクリスマスイベントに向けて買い物をした時も、普段の買い物も気が付けばなつめが買っていることが多い。だからせめて何かお返しをしたいと常に考えていた。

（なつめは何が好きかな）

一緒に暮らしているのに、彼が好きだと自覚したのに沙苗はなつめの事を詳しく知らない。フットワークが軽く、誰にでも気軽に話しかける人。常に穏やかな笑みを浮かべ、沙苗を甘やかしてくれる人。

（何か欲しいものある？　って聞いてもはぐらかされそうだなぁ……）

頼られていないのだと思うと、心が寂しい。

（いつも私が甘やかされてばかりで、なつめを甘やかすこととか全然やってない……私もなつめを甘やかしたい！）

一度閃《ひらめ》くと、その想《おも》いは強く沸き上がる。

「好きになると何でもしたくなるって……本当」

恋は病とは、まさしく言葉の通りだ。

その後、仕事を恙《つつが》なく終えた沙苗はいつもよりもだいぶ早い時間に会社を出た。陽も未《いま》だ落ちていない時間帯に自宅の扉を開けるとなつめの「おかえり」が返ってきた。

「今日は早い帰りだね」

「う、うん。半休使っちゃった」

会社に行き怒涛《どとう》の調整をしてどうにか午後に休みをもぎ取った沙苗の行動力は素早かっ

た。帰り際にいくつか買い物をして帰宅すれば、なつめが朝の様子と変わらず出迎えてくれた。

「もしかしてなつめは仕事中だった？」

なつめの仕事については詳しい事は聞けていないが、ほとんど自由業に近いものだと聞いている。

時折依頼が来ると用を済ませるといったものらしく、パソコンを常時使うといったこともない。

連絡手段として携帯は持っているものの、なつめは滅多に携帯を使用しない。沙苗に対して連絡をすることもほとんど無いし、沙苗もなつめに連絡する時は必要最低限の連絡だけだった。

（一緒にいることがほとんどだから、わざわざ連絡することないからなぁ）

そして外部の人とやりとりをするなつめも見た事がない。

「今日は仕事の予定は無かったから、家でのんびりしてたよ」

「そっか。あ、帰りに美味《おい》しそうなケーキがあったから買ってきたんだ。一緒に食べよう」

「ありがとう。それじゃあコーヒーでも淹《い》れようかな」

「私やる！」

甘やかしたいのだと意気揚々《ようよう》に声をあげれば、なつめは少しだけ驚いた様子をしつつも笑う。

「それじゃあお願いしようかな」

「……！　うん。なつめは待ってて」

急いで荷物を置いて支度をする。コーヒーカップとお湯を準備しながらコーヒー粉を取り出すために収納棚を開く。整理整頓された棚からコーヒーフィルターと粉の入った箱を取り出す。

お湯をコーヒー粉に注げばコーヒーの良い《い》香りが部屋に広がっていく。

「和兄《かずにい》から連絡があって、結婚式は参列できるって言ってたよ」

今日になって和紗から連絡がきた。どうやら長兄である朋樹《ともき》に確認したらしい。連絡を受けた後に沙苗からも朋樹に確認をすると、そこまでかしこまった結婚式ではないから人数の変更は問題ないと言っていた。

「なつめ、本当に来てくれる……？」

コーヒーをカップに入れて手に持つ。リビングではなつめがケーキをお皿に盛り付けてくれていた。

「僕なんかが出ていいのか分からないけれど。出来れば行きたいと思ってるよ」

「僕なんかだなんて。なつめが来てくれたら私も嬉《うれ》しいよ」

コーヒーカップをなつめの前に置き、もう一つは沙苗の前へ。

二人で席に座りケーキを眺める。

「なつめは何食べたい？　先に選んで」

「そうだなぁ。沙苗はこれがいいかな？」

なつめは自然な動作で沙苗にモンブランを渡してきた。モンブランは沙苗の一番好きなケーキだった。今日、買う時も無意識に選ぶぐらい自分のお気に入りであった。

（しまった！　なつめがモンブラン好きかもしれないから二つ買っておけばよかった！）

「え……っと、私はいつも食べてるし、モンブラン食べてもいいからね？」

「僕は何でもいいからなぁ……じゃあ、これ」

手に取ったのはショートケーキ。

（なつめの好みが何か分からないよ～！）

心の中で叫び悶《もだ》えながらも笑顔で「いただきます」と告げてから二人でケーキを食べる。

「美味しい～」

久しぶりに食べるケーキの甘さに感動しながら、もう一口とフォークで器用に切ってケーキを食べる。

「なつめはショートケーキが好きなの？」

どんなものが好みか知りたくて大きな苺《いちご》の載っかったショートケーキを少しずつ食べる

なつめを見る。

「ショートケーキも好きだよ」

(も、かぁ……)

「じゃあ、モンブランも好き?」

「うん」

「なら、一口食べる?」

妙に緊張で動悸《どうき》が煩《うるさ》い中、平静を保ったフリをしつつフォークで一口サイズに切ってなつめに見せる。

「いいの? じゃあ、頂こうかな」

口を少し大きく開いて近づいてくるなつめにフォークに刺した一口サイズのモンブランを近づける。

(顔が近い……!)

近くで見るなつめの顔は相変わらず美しく端整で、睫毛《まつげ》も長い。口を開いていることで見える歯列は綺麗《きれい》に整っていた。僅かに犬歯が尖《とが》って見えること以外、何一つ欠点なんてない。

「はい」

落とさないように注意をしつつなつめの口に入れれば、美味しそうになつめが頬張る。

「こっちも美味しいね」

「もっと食べる？」

「沙苗の分が無くなっちゃうよ」

クスクス笑いながらなつめもショートケーキを一口サイズに切ると沙苗に差し向ける。

食べて、という無言の合図に沙苗はドキドキしながら口を開いた。

「……美味しい？」

覗《のぞ》き込むように聞いてくるなつめの表情は絶対わざと沙苗を挑発している。

（そうじゃなきゃ、こんなに心臓が煩く鳴らない）

喧《やかま》しいほどに心臓がドクドク鳴る。もう、好きという気持ちを抑えきれないぐらいの強さで鳴り響き、そして、

「……沙苗？」

「え？」

ぽたり、と何かが垂れ落ちた。

下を向いてみればテーブルに赤い斑点が一つ、二つと垂れ落ちている。

どこから？

「沙苗」

なつめが勢いよく立ち上がると近くにあったティッシュを取り沙苗に近づいた。そして

すぐに沙苗の鼻元を押さえる。

「血、出てる」

「え」

何の感覚も無かったがどうやら鼻血を出していたらしい。

(恥ずかしさで頭に血が回り過ぎた？)

だとしたらなつめに押さえられている今の状況だと余計に鼻血が出そうで、沙苗はティッシュを押さえているなつめの手に自身の手を添えた。

「いいよ、自分でやるよ」

「駄目」

いつも穏やかに答えるなつめにしては珍しくはっきりとした断りだった。

ドキドキしすぎて鼻血を出す女。最悪すぎる。

(恥ずかしい……)

「鼻血が出るなんて小学校の頃以来かも……」

「………」

なつめから返答はない。

ティッシュで押さえられているせいでなつめの顔はよく見えなかった。

ただ、ようやく治まった時に鼻先から手を離してもらい、視野が広まった時に見えたなつめの表情は、ひどく辛《つら》そうな顔をしていた。

その後、鼻血が出たこともありなつめによって早く寝るように促され沙苗は、自室のベッドで横になっていた。

(今日のなつめ……なんか様子おかしかったな)

そう思う度に思い出す和紗の言葉。

『本心を隠してる感じがする』

「…………」

沙苗にも分かる。それは、なつめを好きになったからこそ分かってしまう。

(なつめは私に好きだと言う。でも、本当に……?)

最初は嘘《うそ》だと思った。

新手の結婚詐欺か何かだと。それでも彼は何度でも沙苗を救い出して甘やかしてくれた。辛い時には言葉がなくても傍《そば》にいて慰めてくれた。沙苗が喜ぶことを惜しみなく与えてくれた。相手から気持ちを返してもらうなんて欲を見せることなく、当たり前のように手を差し伸べる。

(甘やかされるだけ甘やかされているのに……何が不満なのよ)

仕事の事を教えてくれないこと?

沙苗のことは聞いてくるのに、なつめ自身の事をもっと教えてくれないこと?

それとも。

好きだと言うのに、沙苗自身を強く求めるようなことをしないこと?

(欲求不満か!)

自分に突っ込まずにはいられなかった。慌てて布団の中に潜れば足先がはみ出して寒い。

丸まってもぞもぞと布団で身を包む。

(私が神社で神様に願った願いを叶《かな》えるために現れたっていうけれど……どうしてなつめだったんだろう)

そもそも、どうやって神への願いを知ったのか。神社の存在を知っていたのかもよく分からない。何度か尋ねてみたけれどなつめ自身もそこの原理は全く分からないと首を横に振っていた。

言われてみればそれはそうなのだ。

神様なんて非科学的で非現実的な存在について、理由や原因を尋ねたって答えが見つかるはずはない。

(なつめに聞いたって分かるはずないよ。だってなつめも……私が神様に願ったお願い……『カッコよくて優しくて超ハイスペックな旦那様と巡り合えるように』って願いを叶えるために……叶えるために……にしても本当欲に忠実すぎる願い!)

思い出してもいたたまれない願いである。

しかも、それがなつめに全部バレているのだから、神様にも守秘義務というものを教えてやりたい。

(たとえ願い事が縁だとしても、私は神頼みなんかじゃなくてちゃんとなつめに好きになってもらいたいなぁ……)

我儘《わがまま》なのかもしれない。

神様が願いを叶えるために遣わしたなつめ。

同じデザインをした銀の指輪が今も左手の薬指で煌《きら》めいている。

(私ってば嫌な女)

唇に指輪をあてて目を閉じる。

(神様のお陰でなつめに出会えたのに、神様の力でなつめに好きになってもらうことが不満なんて。自信が無さすぎ)

もし、神社を見つけて「願い事を無かったことにしてほしい」とお願いしたら、一体どうなるのだろう。

なつめは沙苗の元から離れてしまうのだろうか。

(………)

胸の痛みを忘れるように、沙苗は枕に顔を埋めて目をぎゅっと閉じた。

時々引《ひ》き攣《つ》るような腕の痣《あざ》は、以前よりも濃くなったような気がした。

薄暗い霧がかった寒空の世界に沙苗はぽつんと立っていた。

寒々しい朝焼けの景色。何処《どこ》か物寂しさを感じさせるのは、周囲に何もないからだろうか。あるのは周辺を囲うようにそびえる山々と、数軒のおんぼろな小屋だった。小屋の作りも古めかしく、まるで時代劇に出てくるような作りをしている。

(これは……またあの夢だ)

何度か見かけた、誰かの視線でみる世界。

視線の持ち主である人物の姿は相変わらず見えない。直衣《のうし》のような衣装を着ている男性ということだけは分かった。

夢にしてはあまりにも現実味のある光景。気温すら感じさせそうな物寂しい空気。人の気配はなく、朝焼けの中では鳥の鳴き声や風で揺れる草木の擦れる音だけだった。

(何でこんな夢を見てるんだろう……それも続けて)

自分にとって何一つ関連性のない夢に首を傾《かし》げていると、何処からか呻《うめ》き声が聞こえた。

最初は猫の声かと思ったが、よく聞けば嗄れた男性の声だと分かる。声はどうやら物置のように古びた小屋の中から聞こえてきたようだ。

(え……怖いんだけど)

景色は朝方なのに雰囲気が怖すぎて、近づきたくない。なのに沙苗の意志とは裏腹に、沙苗の身体《からだ》は勝手に小屋に進んでいく。

(やだやだ……！)

まるで操られているかのように小屋の前まで来ると、身体は透けているらしく幽霊のように壁を通り抜けた。

小屋の中には灯《あか》りもなく、朝日の陽光だけが部屋を微《かす》かに照らしている。

イグサか何かで編まれた敷物《しきもの》の上で横たわる男性がいた。随分と衰弱しているようだった。

沙苗は恐ろしくなってその場を離れたかった。けれど乗り移っている男性の足は全く動かず、黙って横たわる男を見下ろしていた。

横たわる男は、まるで沙苗の視線に気づいたかのように視線を合わせてくる。

(……見えているの？)

男は小さな声でブツブツと喋《しゃべ》り出す。

「俺の願いを叶えてくれた……もう思い残すことはない。煮るなり焼くなり……好きにしてくれ……」

男は笑っていた。

目も虚《うつ》ろで、もはや視力さえ失われていたのかもしれない。それでも笑い、まるで誰かに語り掛けるように手を伸ばす。

その伸ばした手には黒々と紋様のような痣が広がっていた。

(あの痣……)

沙苗の腕についていた痣と似た模様をしている。

沙苗が乗り移っている男性が腕を伸ばす。ひどく綺麗《きれい》な指先だった。伸びた指を、横たわる男がぼんやり見上げていると小さく微笑《ほほえ》み、そのまま息を引き取った。

虚空を見つめる瞳が天井を映す。

ガラスのような瞳に、微かに人影が映っていることに気が付いた。今の沙苗の視界はまるで双眼鏡のように遠くまで見通せる視力があり、その瞳の先に映る人物の姿を理解した。

(どうして)

その瞳には、なつめの姿が映し出されていた。

「…………っ!」

恐怖からようやく目覚めた沙苗は慌てて起き上がる。バクバクと心臓が煩《うるさ》い。恐怖から冷や汗をかいていたらしく、肌がべたついた。

「…………夢、だよね」

長袖を捲《めく》り、薄暗闇の中で右腕を見る。

先日痛んだ右腕は今も時々痺《しび》れるように痛む時がある。その度、痣がより濃くなっているように見えた。

夢に見た男性を思い出す。虚ろな目で、顔を赤黒く汚し、今にもこと切れそうな様子で、それでも笑っていた。

そして、その瞳に映し出されていた人物の姿。

「……夢。あれは夢よ。じゃないと、説明がつかないもの……」

なつめである筈《はず》がない。

けれど夢に見たなつめの姿は、どれだけ時間をかけても忘れられそうになかった。


「ひどい顔」

黙々とパソコンを操作していた沙苗に横から春子《はるこ》が話しかけてきた。気配を全く感じずいきなり声を掛けられたことに驚いて身体が跳ねる。

「春子……！　驚かさないでよ」

「何度も名前呼んだから。相変わらず集中していると周囲の声が聞こえないのね。まあ……集中というか、気もそぞろって感じだったけど」

「はは……」

明らかに寝不足の顔をして起きてきた沙苗をなつめも随分と心配した。休んだ方が良《い》いのでは？　と声も掛けてくれたが、大丈夫だからと出社したのだ。

「体調が悪いわけじゃないの。夢見が悪かったって感じで」

「だったら尚更《なおさら》早く帰って休んだ方がいいわよ。最近何か元気なさそうに見える」

「そう……？」

今日は自覚があったが、最近と言われることに驚く。それほど様子に出ているのだろうか。

「風邪引きやすい時季だからね。あまり無理しないで早く帰るのよ」

「ありがとう。春子も気をつけてね」

仕事の合間に声を掛けてきてくれた春子に手を振り、沙苗はひとつ大きな伸びをする。

（確かに、ちょっと調子悪いかも）

身体がだるい感じがする。本当に風邪の引きはじめなのかもしれない。

何より、熟睡できていない気がする。

（ダメ……どうしても夢の事を思い出しちゃう）

死んだ男の目に映っていたなつめの姿。

微かな姿しか捉えられなかったが、確かになつめだった。

夢にしてはあまりにも鮮明な記憶が思考にこびり付いて離れない。

ふと、傍《そば》に置いていた自身の携帯が振動する。画面に表示された名前に驚いて慌てて開く。

差出人はなつめだった。

（なつめ？　珍しい）

メッセージを開く。

『今日は早く帰っておいで。沙苗の好きなクリームシチューを作ったよ。あと、モンブランを買ってみたんだ。口に合うといいな』

「…………」

読み終えた沙苗は頭をデスクに落とす。傍にあったキーボードに頭が触れて謎の文字列で画面を埋めつくす。

（スパダリ過ぎるんだよ～！）

普段は気を遣って送らないメールで、沙苗が心配だからという理由から早く帰るように促してくれる。その言い方も強制ではなく、帰りを楽しみに待っていると言わんばかりの優しいメッセージ。

（こんなの……好きにならないわけないよ……）

顔をあげて、嬉《うれ》しさでくしゃくしゃになった顔を引き締めてメッセージを打つ。引き締めていたはずなのに、打っている間にやはり頬は緩んでいく。

結局早めに仕事を切り上げようと誓う。

きっと温かいクリームシチューとパン屋で買った焼きたてのバケットを切って並べた食卓が用意されている。

そして玄関を開けるとすぐにやってきて「おかえり」と笑顔を向けてくれるなつめがいる。

それだけで、こんなにも早く会いたいと思ってしまう。

『早く帰るね』と打ち終えてからパソコン画面を見て、そこでようやくおかしな文字列が並んでいることに気づき慌てて修正する。

キーボードを打つ手をふと見れば、相変わらず左手の薬指には銀の指輪。

「…………」

手を止めてそっと指輪に触れる。

なつめとお揃《そろ》いの指輪が嬉しく思えてしまう。

(本当に恋人になれたら、いいのに……)

そう思った瞬間。

「いっ……！」

また、右腕が痛んだ。

右腕だけではない、左腕も痺れるように痛んだ。

(何……？)

不安になって前かがみになり、痛みが落ち着くのを待った。数分耐えて待つと、ようやく痛みが引いて身体が身動き取れるようになった。

沙苗は恐る恐る己の左腕の袖を捲った。

（ああ……やっぱり）

そこには、うっすらと右腕と同じ痣のようなものが走っていたのだ。


「沙苗……沙苗？」

帰宅後、クリームシチューを食べながらぼんやりとしていた沙苗の名をなつめが呼ぶ。

「あ、ごめん。何？」

「……ご飯もう入らないなら片付けようかと思って。どうする？」

「ああ、うん。そうしよっかな……」

どうにか笑って答えて見せたがうまく笑えた気がしない。

（どうしよう。何て説明すればいいんだろう）

食器を片付けるなつめにお礼を告げながらも沙苗は両腕で自身の腕に触れる。特に凹凸があるでもなく、腕に広がる痣《あざ》は不気味だった。お風呂に入る度見える痣が気味悪く、最近は鏡を覗《のぞ》かないようにしてお風呂に入っている。

（今が冬で良かった）

夏だったら暑い中ずっと長袖を着て隠さないといけない。

なんてことを考えているとなつめがケーキを持ってやってきた。

「モンブラン以外にも少しだけ買ってみたよ」

「わあ……美味《おい》しそう」

宝石のように並ぶケーキはモンブランだけではなくチーズケーキ、クレームブリュレ、フルーツタルトと並んでいた。

目移りしつつも、どうしても好物のモンブランを手に取ってしまう。

なつめを見てみると、どうやらフルーツタルトを選んでいた。

「タルトが好きなの？」

リサーチすべく尋ねてみると、なつめは少し考えてからフルーツをフォークで刺す。

「どちらかといえば果物が好きなのかも」

「果物」

考えてみればショートケーキも苺《いちご》がしっかり載っかっていた。

（なつめはフルーツが好き……）

一つ知れたことが嬉しい。

喜んだのも束《つか》の間《ま》、身体《からだ》が急に気怠《けだる》く感じ出す。

（……何なの？）

険しい顔をしてしまっていたらしく、なつめを見ると目が合ってしまう。

「あ……ごめんね。最近、寝不足みたいで」

「そうなんだ……沙苗」

なつめは立ち上がると沙苗の隣までやってくる。そして、沙苗を優しく抱き上げる。

「今日はゆっくり休もう」

有無を言わさず、なつめは沙苗を寝室に連れて行く。

いつもなら慌てて下ろしてと言っているのに、不安もあって何も言えなかった。

「……そうだね」

抱き上げられた姿勢のまま、ぎゅっとなつめにしがみ付いた。

なつめは黙って寝室の灯りをつけると、沙苗をゆっくりベッドに下ろした。

「顔も洗ってない……着替えも」

「手伝ってあげるから」

「て……っ」

着替えを手伝われることを想像して顔が赤くなった。

「着替えは……っ自分でするよ！」

照れる沙苗の様子に苦笑すると「メイク落とし持ってくる」と告げて部屋を出ていく。

一人きりになった部屋で、沙苗は立ちあがりパジャマを取り出した。

自分で追い出しているクセに、一人になると寂しいのだ。

(重症だ……)

少し落ち込みながら着替えを済ませると、扉からタイミングよくノック音。

「沙苗。入っていい?」

「うん」

扉を開けてなつめが入ってきた。手にはタオルとメイク落としシート。沙苗の隣に膝をつくとシートを取り出し、優しい手つきで化粧を落としていく。

「ちょっと待って!」

(すっぴん見られる! いや、いつも見られてるけど、ちょっと、なんか)

恥ずかしい。

一瞬手を止めたなつめが心配そうに見つめている。沙苗の返事を待っているのだ。

「……………あまり顔見ないでね」

ここまでして貰《もら》っておいて嫌がるなんてって気持ちと、なつめに寂しい顔をさせたくなくて。

沙苗は黙って目を閉じる。

「うん。分かった」

目を閉じた沙苗にはなつめがどんな顔をしているかは分からなかったが、声色はどこか嬉しそうだった。

目を閉じている間にも拭かれる顔。頬、鼻筋、額。大きな指が優しくなぞるようにメイクを落としていく。触れられているだけで頬が熱い。その頬すらも優しく拭っていく。

ひと通り終えると温かな濡《ぬ》れタオルで顔を拭かれた。

「終わったよ」

「…………ありがとう。ごめんね、色々止めちゃって」

顔はあげられなかった。

「……寝不足って言っていたけれど、眠れないの？」

「…………うん」

夢に見たなつめの姿が思い浮かぶ。

「最近毎日同じような夢を見るの」

「どんな夢？」

「怖い夢。人が……知らない人が死んじゃう夢」

顔も見た事のない他人。しかも、時代もどこか古めかしい和服を着た男性。

「そう……それは、嫌な夢だね」

なつめは立ち上がると何かを手に取り、沙苗に渡す。手に温かなカップを持たされた。

「ホットミルクを作ったんだ。気持ちが落ち着くから飲んでごらん」

「うん……ありがとう」

カップに唇を当てゆっくりと飲み下す。喉元を通るミルクの温かさに気持ちが落ち着いてくる。

「美味しい」

「良かった。沙苗、元気になったら週末にお兄さんのプレゼントを買いに行こうか」

「あ、そうだったね」

和紗に頼まれたプレゼントをそろそろ買わないといけなかった。

「うん。週末に行こう」

「うん。そのためにも沢山休もうね……沙苗が良ければ眠っている間傍にいてもいい？」

ミルクを飲んでいた沙苗の目が大きく開いてなつめを見る。

「いいの？」

「勿論《もちろん》。うなされているようだったらすぐに起こしてあげるから」

「ありがとう。お願いします……」

どうしてか、なつめが傍《そば》に居れば怖い夢を見ないかもしれないと思った。

ミルクを飲み終えカップを机に置いて沙苗は横になる。

なつめは寝室の灯りを消すと、沙苗の隣に座り手を握り締めてくれた。

「おやすみ」

柔らかななつめの声色。

「おやすみ……」

隣から感じる人の気配。手を包み込む温かな感触。

驚くほど気持ちが凪《な》いで、沙苗は静かに眠りに落ちる。

その日はあの男の夢を見ることは無かった。


週末。寒空の休日はクリスマスが近いこともあって賑《にぎ》わっていた。

寝不足を伝えて以来、なつめは甲斐甲斐《かいがい》しく沙苗が眠るまで傍に居てくれるようになった。そのお陰か、最近悪夢を見ることもなくなった沙苗はすっかり体調も回復した。

その分なつめが寝不足になっていないか心配だったものの、彼はいつもと変わらない笑顔で「大丈夫だよ」と言う。

調子も戻ったことから約束していた通り、二人でプレゼントを買いに来たのだ。

「うーん何にしよう……」

雑貨屋をいくつか巡って贈り物を考えるものの、これという決め手に欠けて悩んでいた。

「そもそもどんな人がお嫁さんになるかも知らないから好みも分からないんだよね」

「そうなんだ」

突然「結婚するから」と連絡を受け、招待状を貰ったため沙苗は長兄の妻となる女性の顔も知らない。

「何も情報が無いなら、贈り物をするのも迷っちゃうね」

困ったように笑うなつめの言葉が胸に痛い。

(私もなつめに何かを贈りたいんだった……)

お礼をしたいと思って、結局ろくに思いつかないまま現在に至っていたことを思い出す。

(そうだ！　この買い物の間になつめが好きそうな物をリサーチして贈ろう！)

我ながらナイスアイデアだと意気込んでいると、なつめが名前を呼んでいた。

「これなんてどうかな」

「どれ？」

早速とばかりに近づいてなつめが指すものを見る。

「置き時計だ」

「うん。これから長い時間を一緒に過ごして欲しいという願いを込めて贈るというのはどうかな」

「か……」

(完璧すぎる回答……)

しかもなつめが指した置き時計はシンプルながらも端に細かい細工もあり、高級感があった。説明を聞いてみれば電波時計でもあるらしく自動的に時間調整もでき、湿度や温度も確認できるらしい。

「値段も和兄《かずにぃ》と合わせれば丁度良《い》いし……新居も建てるって言ってたから……これがいいかも」

「良かった」

（待って待って、まだなつめのリサーチが何も出来ていない！）

結婚の贈り物は決まったのになつめの贈り物が何も決まっていないことに焦り、沙苗は周囲を見渡す。

「あ……他にも何か小物とか贈ろうかな～……男性の小物とか身に付けたら喜びそうな物とかないかな……」

わざとらしくならないように物を探していれば、隣でなつめも「そうだねえ」と探してくれている。罪悪感で胸が痛い。

「……その、なつめは何が贈られたら嬉《うれ》しいって思う？　お祝いとかあったら……」

いっそ直接尋ねてみようと意を決して聞いてみた。

「お祝いか……」

なつめは少し考える表情を浮かべる。暫《しばら》く沈黙が続く。

「…………」

「…………」

まだ、続く。

「…………浮かばない？」

「…………………………そうだね」

（何となくそうかなって思ってたけれど……やっぱり）

これまで暮らしている間に一度たりともなつめが「これ欲しいな」と物を欲しがっている様子を見た事がない沙苗は確信した。

（なつめって物欲が全くないんだ）

服や食事は必要だから買う。自身に合う服を選ぶ。そのセンスが良いことは沙苗が誰よりも知っている。けれど、こだわりがあるわけではない。

身に着けているものは左薬指にはめられた銀の指輪だけで、これといったアクセサリーもない。家電が好きかといえば携帯にすら触らないから分かるが、無頓着。

（どうしよう……何も分からない）

好きな人の事を知りたいのに、何も興味を引かないということが分かってしまった。

嬉しいやら悲しいやら。

溜息《ためいき》一つ吐いてからそれでも沙苗は何か贈れるものは無いかと商品に目線を向かわせて

いたら、一つのカップに気が付いた。

それは、シンプルなデザインで作られたお揃《そろ》いのマグカップだった。

「あ……そうだ」

自宅の食器類を思い出す。普段使っている食器は沙苗の物が多かった。なつめが気にして買ってきてくれた物もあるが、大半は元々沙苗の家にあった沙苗の食器だった。

（あの家になつめの物も置きたい）

そんな風に思ってお揃いのマグカップを一セット取ると沙苗はレジに向かった。

包装して貰ってからなつめの元に向かう。彼は真剣な表情で贈り物を眺めていた。

「なつめ」

「ああ。見つかった？」

「うん」

そう告げると、なつめは穏やかに微笑《ほほえ》んだ。

「良かった。それじゃあ、行こうか」

そうして当たり前みたいに手を差し出し、沙苗の荷物を持とうとしてくれる。

「あ、あのね。急かもしれないけど……これ」

沙苗は両手で包装されたマグカップをなつめの前に差し出した。

「なつめに……あげる」

ぽかんとした顔でなつめが尋ねるので、沙苗は何度となく頭を縦に振った。

「……僕?」

「ずっとね、何かを贈りたかったの。でも決まらなくて……」

なつめはぽかんとした顔のまま差し出された袋を受け取ると、大事そうに袋を開けた。丁寧に梱包《こんぽう》された箱の中から、二つのマグカップが出てきた。色はオレンジと黄色。オレンジの色合いは、どこかなつめの髪色に似ていた。

「私の家になつめのマグカップが無いと思って、買ってみたの。私とその……お揃いなんですけど………」

説明しているだけで耳まで熱くなっていく。

箱の中から覗《のぞ》くマグカップを呆然《ぼうぜん》と眺めていたなつめは、ゆっくりと丁寧に、大事そうに箱の蓋を閉めた。

「………嬉しすぎて使えないな……」

声色が、いつもと違って聞こえるものだから沙苗は顔をあげてなつめの顔を見た。

灰白色の瞳がきらきらと瞬《まばた》いて、その頬は赤らんでいる。唇は微《かす》かにあがって、はにかむように笑っていた。

「……使ってよ。勿体《もったい》ないから」

嬉しいという感情以上に、愛《いと》しいという想《おも》いが胸を締め付ける。

好きな人を喜ばせられるということは、こんなにも嬉しいものなのだと沙苗は初めて知った。

買い物を終え自宅に到着すると、リビングに荷物を置いて沙苗を大きく伸びをした。

「うーん……久しぶりに歩き回ったら疲れちゃった……っ！」

不意に左腕に痛みが走る。

「いっ……！」

「沙苗？」

荷物を置いていたなつめが沙苗の様子に気付き駆け寄る。

（また腕だ……もしかして）

思い出すのは腕の痣《あざ》。

まさかまた痣が広がっているのではないかと思うと不安で、沙苗は左腕を自身で抱き締める。

「沙苗。腕が痛むの？」

どう伝えれば良いのか分からず、目線を泳がせていたが、

「沙苗。ちゃんと話して」

両頬を優しく掴《つか》まれなつめの灰白色の瞳と目が合う。その瞳は真《ま》っ直《す》ぐに沙苗の瞳を覗き込んでいた。心配だと心から訴えられるその瞳を見ているだけで、沙苗の緊張していた

気持ちが徐々に溶け落ちていく。

「最近よく変な夢を見てね……それ以来、腕の痣が広がっているような気がするの……」

たどたどしい沙苗の言葉を黙って聞いていたなつめが、優しい手つきで左腕を手に取ると優しく袖をあげていく。

そこには徐々に色を濃くする痣があった。

「………めか」

痣を見ていたなつめが、掠《かす》れるような低い声で何かを呟いた。言葉までは聞き取れなかった。

「なつめ……？」

痣を見ていたなつめが顔をあげる。その表情はいつもと変わらない穏やかな笑みだった。

「沙苗。僕ならこの痣をどうにかすることが出来るよ」

「え……本当……？」

縋《すが》りたくなる思いでなつめの手を握る。

「うん。大丈夫だよ」

安心させるように、なつめはゆっくりと言葉を紡いだ。

ずっと「大丈夫」だと言われたかった。

「う………っ」

何が自分に起きているのか分からず、ずっと怖かった。

夢で見た男のように死にそうになってしまうのかと、おかしくなってしまうのかと思うと怖くて怖くて。

ぽたぽたと涙を落とす。けれど一人では限界だった。コップから零《こぼ》れ落《お》ちた水のように沙苗は泣いた。

本当はずっと、こうしたかった。恐怖に怯《おび》えて泣いてしまいたい思いを、自身に大丈夫だからと言い聞かせ誤魔化してきた。

抱き締めてくるなつめから香る甘い香りに包まれるだけで沙苗の気持ちは少しずつ落ち着きを取り戻す。

「……ごめん。取り乱して」

自分から抱き着いた事に気付いて身体《からだ》を離そうとするが、なつめが力強く抱き締めてきて離れられない。

「謝らないで」

「…………？」

抱き締められていることによりなつめの顔は見えなかった。

「……それじゃあ、これをどうにかしようかね」

少しして、身体を僅かに離したなつめが沙苗の両手を手に取る。両手を握りあう形になった状態で二人、座り込んでいる。

「信じて貰《もら》う方が難しいから説明していなかったんだけど……僕の仕事はこういうものなんだよ」

「こういうもの……？」

どういうものなのかと尋ねようとしたが、沙苗は言葉を続けられなかった。

なつめが何かを小さく呟《つぶや》くと、彼の灰白色の瞳の色が金色に輝いたからだ。

（何……？）

僅かに周囲に霧が漂う。薄白い靄《もや》が沙苗となつめを包むように揺蕩《たゆた》っている。

次第に霧が沙苗の身体に纏《まと》わりついてくる。けれど不快さはなく、まるで意志を持ったように沙苗の腕に絡まりついた。

痛みとは違う、引っ張られるような感覚。霧が何かを沙苗から取り出そうとしている。

けれど何なのかは分からない。それでも身体が徐々に軽くなっていく。

「…………はい。おしまい」

疲れた顔を笑顔で誤魔化したなつめが沙苗の両袖を捲《めく》る。

痣が消えていた。

「え……ない。…………痣がない！」

一体どうやって消したのだろうか。

何が起きたのか全く分からず、けれど消えたことが嬉《うれ》しくてなつめを見た沙苗は、彼の顔色の悪さを見て慌ててなつめの両頬に触れた。

「なつめ……！　大丈夫？」

「ちょっと疲れたかな……」

触れれば汗が滲《にじ》んでいた。

沙苗はなつめの両腕を引っ張り立ち上がらせる。

「横になろう。私の部屋のベッド使って」

「大丈夫だよ、少し休めば落ち着くから」

「駄目」

断固としてベッドに運ぼうとする沙苗の意志は変わらない。なつめはちょっと驚いた顔をした後に観念したのか笑って沙苗に従った。

沙苗のベッドに横たわるなつめの顔は無理して笑っていた。こんな状態になっても笑顔を向ける理由は、ひとえに沙苗を安心させようとするためだと知っている。それが余計に辛《つら》い。

「お水持ってくるね」

「沙苗。大丈夫だから……少し横になって休むだけで大丈夫」

「……本当に？」

「そんな泣きそうな顔しないで」

横たわりながら伸びる腕が沙苗の頭を撫《な》でる。

「沙苗は？　もう、苦しくないかい？」

「…………うん。なつめのお陰で、もう辛くないよ」

「そっか。良かった」

灰白色に戻った優しい眼差《まなざ》しが沙苗を見つめている。どうしてこんなに苦しくなってでも、どうして、こんなに優しくしてくれるのだろう。

自分の事を助けてくれるのだろう。

何も返せていないのに。沙苗はなつめに何一つ返せていない。

「……沙苗？　まだ痛いの？」

なつめの細長い人差し指が沙苗の頰をなぞる。

沙苗は泣いていた。両方の瞳からぽろぽろと涙が落ちていく。

「なつめが好き……」

想いが口から零れた。

「なつめのことが好き」

言葉にするだけで、感情は身を崩すように溢《あふ》れ出《だ》した。涙は止《と》めどなく零れ落ちてはシーツを濡《ぬ》らす。頰に触れていたなつめの手を摑むと強く握り締める。

大きく細長い手。辛い時に慰めてくれる、抱き締めてくれる、家族のように頭を撫でてくれるなつめの手。一体何度この手に助けられてきただろう。

彼の優しさに返せるものなんて、沙苗にはない。なつめが好きなんだという、想い一つしか今の沙苗には伝えられない。それが、歯がゆい。

「私もなつめの事を大切にしたい」

「……それだけで、十分に僕は嬉しいよ。ありがとう、沙苗」

ベッドに横たわりながら沙苗に手を伸ばし優しく手を握り締めてくれるなつめの瞳はひどく穏やかだった。

「ありがとう、沙苗。……僕を好きになってくれてありがとう」

それ以上の言葉は無かった。

ただ、優しく。

なつめは沙苗が泣き止《な》むまで優しく……沙苗の手を握り締めていた。

翌日。

沙苗は目覚めてすぐに腕を覗《のぞ》いて痣が無くなっていたことに安堵《あんど》した。

(夢も見なかった。本当にもう、大丈夫なんだ)

深々と溜息《ためいき》を吐いて、ようやく取り戻せた日常に感謝をした。

（……けれど本当に大丈夫なのかな）

あれほど苦しめられた元凶が、そう簡単に無くなるのかと思ってしまうのは、それだけ痣と悪夢が沙苗を苦しめ続けてきたからだ。

だからこそ、再発するのではないか、大丈夫なのかと不安になる。

「……考えても仕方がない！」

頬を軽くペチンと叩《たた》き、沙苗は起き上がった。

「なつめ、おはよう」

昨日、大泣きした上に想いを告げたこともあり、いつもでは考えられないぐらい緊張した気持ちでリビングに向かう。

「おはよう」

キッチンからコンソメスープの良《い》い香りがしていた。なつめが料理を作り終えたところらしい。

「今日は野菜スープにスクランブルエッグとベーコン」

「美味《おい》しそう！　食器持っていくね」

キッチンから食器を持ってテーブルへと移動する。暫《しばら》くするとなつめも手に料理を携えながらテーブルにやってきた。

向かいになつめが座り、いつもの食卓。いつもの光景。どこか気恥ずかしさを抱きながらもなつめと共に迎えられる朝食が嬉しい。

多くを喋《しゃべ》らない朝食を終え、沙苗は支度を済ませると玄関に立つ。変わらぬ光景としてなつめが見送りに玄関先に立つ。

「行ってきます」

なるべく明るい声で沙苗はなつめに向けて告げる。

「ねえ沙苗」

ふと、なつめに呼びかけられ彼の顔を見る。真剣な眼差しで沙苗を見つめていた。

「僕は……君の望んだ旦那様に、少しでもなれていたかな」

望んだ旦那様。

それが神社で願った事を言っているのだとすぐに分かった。

「……十分すぎるほどだよ。私には勿体《もったい》ないくらい、素敵な旦那様だよ」

沙苗の望んだ旦那様はカッコよくて優しくて超ハイスペックな旦那様。イケメンで優しくて料理も出来て高収入。

家に帰れば「おかえり」と出迎えてくれて、一緒に夕食を食べ、くだらない話をする。たまに喧嘩《けんか》をしながらも、最後にお互い「ごめん」と謝って仲直りできる……そんな旦那様を願った。

「でもね、そんなに素敵じゃなくてもハイスペックじゃなくてもいいの。私は……なつめという旦那様がいい」

たとえ本音を隠していても、秘密を抱えていても、弱ったところを見せても何でも。

なつめが良かった。

「私はなつめに」

旦那様になって欲しいと、続けようとした沙苗の唇が塞がれた。

熱の籠った唇が重なって、それ以上の言葉を紡げなかった。間近に映るなつめの顔に、彼の少し強引な口づけに沙苗は目を閉じた。

「……その言葉はちょっと早いよ」

吐息を漏らしながらゆっくりと唇が離れる。熱に溶かされたみたいに沙苗はぼんやりとなつめの顔を見上げる。彼の唇が、微《かす》かに赤色に染まっていたのは沙苗の口紅が彼に移ったからだ。それが妙に色っぽくて、沙苗は見惚《みと》れてしまう。

「口紅、ちょっと取れちゃったね」

なつめの親指が沙苗の唇をなぞると、まるでふき取るようにもう一度口づけられた。

それ以上は何も言えなかった。

突然の口づけに、まるで心を奪われてしまったように言葉を発せられず、のぼせた頭のまま座り込んでいた。

気が付けばなつめによって口紅を塗り直されており、ようやく意識を取り戻した頃には乱れた髪や化粧まで直されていた。

「……そういうところがさ……」

完璧すぎるのよ！　と叫びたいけれど、もはや何も言えなかった。

「時間だよ」

「……本当に、早く帰るからね」

「うん」

コートを自分で着て、なつめと選んだバッグを肩に掛ける。

「それじゃあ、行ってきます」

「行ってらっしゃい」

玄関で見送るなつめは、いつものように手を振ってくれる。

毎日当たり前のように繰り返してきた景色。仕事に向かう沙苗を、玄関から見送るなつめと手を振り合って、そうして沙苗は急ぎ足で駅へと向かう。

（キスした、キスした、キス……された！）

沙苗の意識はおかしくなるぐらいさっきの口づけに浸食されていた。顔が熱い。塞がれた唇が火のように赤くなっている気がする。

（もう……！　反則すぎるよ！）

今日は絶対仕事にならない。

早く帰ると改めて心に誓った。


なつめは沙苗の姿が見えなくなるまで、静かに見送る。

見えなくなったところで扉を閉める。

薄暗くなった玄関で、扉に凭《もた》れかかり顔を手で覆う。

「満足だよ」

その声は独り言にしてはひどく排他的だった。

「もう、十分だよ。叶《かな》えられたよ。願いは」

言葉を承諾とみなしたのか、なつめの身体《からだ》を何かが覆う。薄暗い闇のような影が身体に纏《まと》わりつくと、彼の両腕に貼りついたように現れては、その姿を消した。

「…………面白いな。かける側だったけど、かかるとこんな感じなのか」

肩にかけていたカーディガンを払い落とし、なつめは己の袖を捲《めく》る。

そこには沙苗に刻まれていた痣《あざ》が同じ姿をしてなつめの腕に伸びていた。色濃く残された紋様をもう片方の手でなぞれば、微かに紋様が揺れ動く。

その様子にハッと声を発して笑う。

「人間は馬鹿だ」

玄関先の薄暗闇の中で、瞳の色がよく映えた。瞳孔は縦長に伸び、まるで獣のように鋭利な目線に見えるだろう。

「でも、それ以上に僕は馬鹿だ」

その言葉を最後に。

玄関にはもう、誰も居なかった。


カツカツと靴を大きく鳴らしながら沙苗は駆けていた。いつもより早めに仕事を切り上げ、なつめに約束した通り早めに帰るため帰宅路を走る。よりにもよって今日は新調したパンプスを履いてしまったせいで足が痛くても、それでも足を止めることはしなかった。

急いで鞄《かばん》から鍵を取り出し自宅の玄関の鍵を開ける。

「ただいま」

息を切らしながら中に入るが、返事はない。

「なつめ……？」

すぐに出迎えてくれると思っていただけに、少し拍子抜けした。

「あれ」

入ってすぐ、玄関の入口になつめのカーディガンが落ちていることに気が付いた。

どうしたのだろうか。カーディガンを拾い腕に掛けて中に入る。

「なつめ……？」

リビングに人の気配はない。

なつめは普段リビングを使用している。それ以外の場所といえば沙苗が使っている寝室と洗面台ぐらいだ。

沙苗はまさかと思い自室になる寝室の扉をゆっくりと開いた。薄暗く灯りもついていないが、ベッドになつめがいる様子はない。

なつめがいない。

「どうして？」

あり得ない。何故《なぜ》なら玄関になつめの靴があった。

洗面台を調べるが誰もいない。物音ひとつなく、確実にこの家には沙苗一人きりなのだと思い知らされる。

「どういうこと……？」

不安に駆られてなつめの携帯番号を鳴らすが、次に聞こえてくる音声に息が止まる。

『おかけになった電話番号は現在使われておりません』

「……………え」

かけ間違えたかと思ったけれど、それは登録されている番号のはずで、けれど何度かけても返答は同じだった。

メッセージを送っても何一つ返事は無い。まるで痕跡さえ無くなってしまったかのように、何一つ連絡がないのだ。

「何で？」

いてもたってもいられずリビングに戻る。何か書き置きしているんじゃないかとリビングに戻る。

その考えは正しかった。

確かにリビングのテーブルには、なつめが置いたのだと分かるものが置いてあった。

それは、銀に煌《きら》めく指輪だった。

なつめの薬指から外れたことがない指輪が寂しく置かれていた。

沙苗は震える手でなつめの指輪に触れた。沙苗の指輪よりも一回り大きいお揃《そろ》いの指輪。

なつめの指輪に触れた途端、まるで弾《はじ》けるように沙苗の薬指にはまっていた指輪がスルスルと指を伝いコロンとテーブルに転がった。

なつめの指輪に触れただけで、勝手に沙苗の指輪が外れたのだ。

一度だって外れたことがない、どんなに努力しても外れなかった指輪がいとも容易《たやす》く指から落ちた。

その場に沙苗は崩れ落ちた。

「どうして…………っ」

涙が頬を伝い床に落ちる。

当たり前のようになつめが待ってくれていると思っていた。

(どうして)

絶望に落とされた思考は、ろくな考えを生み出さない。

(私のこと、やっぱり好きじゃなかった？　私が貴方《あなた》を好きって言ったから……だからいなくなったの？)

言わなければ良かったのだろうか。

(でも、言いたかった)

好きって。

好きだってちゃんと、伝えたかった。

言葉にしたかった。

いつも形にして想《おも》いを伝えることも出来ない沙苗自身の気持ちを、どうしても言葉にして表したかった。

「好きだよ……っなつめ…………」

振られたのだろうか。

（振られた時の辛《つら》さって、こんなに辛いんだ）

修平《しゅうへい》の時と比べものにならない程に胸が苦しかった。

感情のままに泣いていた沙苗だったが、暫《しばら》くすると次第に心が凪《な》いでいく。

涸れ果てることのない涙もどうにか落ち着いてきたところで、手に握り締めていた指輪を見つめた。

「……そうだ、神社！」

涙を袖で拭うと沙苗は立ちあがる。

泣いていてもなつめは帰ってこない。

両頬を手で強めに叩《たた》く。涙で濡《ぬ》れた頬が微かに赤らんだ。

落ち込んでいた自身を叱咤《しった》する。

そうだ。

まだ、答えは決まっていない。

涙で濡れた唇は今でも朝の感触を覚えている。

「見つけなくちゃ」

沙苗は指輪を握り締めると、玄関に向かい、そのまま家を飛び出した。

走る。ただ、ひたすらに走る。

どこに向かえば良いかなんて全く分からない。けれど、大人しく家になんていられなかった。

「なつめ……なつめ！」

羞恥心なんてものは一切《いっさい》捨《す》てて街中を走り回った。周囲が不思議そうに沙苗を見ていても構わない。

何処《どこ》に行けばいいのだろう。

（神社は、何処にあるの!?）

会社の近くまで戻って走り回っても、当たり前のように神社は見つからなかった。

「なら、なつめがいそうなところ……何処なの……っ？」

沙苗は、なつめの事を何も知らなかった。

やっと知った事と言えば、果物が好きだということ。人には説明しづらい仕事をしていたこと。物に執着することがなく、なのに相手の望む物を誰よりも知っている。

（どうして、どうしてもっと……！）

こんなにも自分の心を満たしてくれるなつめのことを、どうしてもっと自分は知ろうとしなかったのだろうか。

なつめ自身が多くを語らないのは分かっていた。だからこそ詮索したくなかった気持ちもある。けれど、これではあんまりだ。

初めの頃こそ詐欺か何かかと疑っていた。こんなに優しくしてくれる事に何か裏があるんじゃないか、と。

けれどなつめは何時だって沙苗に全力で優しさを与えてくれた。これでもかというぐらい甘やかしてくれた。何の打算があったとしても、やり過ぎだよと言いたくなるぐらい、なつめは優しかった。

沙苗がありがとうと言えば、とても嬉《うれ》しそうに笑う。

本当に、嬉しそうに。

見ている沙苗も嬉しくなって、なつめの事を信じたくなって。

(今ならもう騙《だま》されてもいいなんて思ってるって知ったら、昔の私は呆《あき》れるだろうな……)

自嘲しながらも、そんな考えさえ浮かんでしまうぐらいなつめという存在が大切だった。

「だから……こんな風にいなくならないでよ……!」

何がいけなかったのか、どうして離れてしまうのか、ちゃんと伝えて欲しい。

「なつめ……!」

彼と出掛けた町、公園、駅。

足も限界を迎えるぐらい走って、ついに身体《からだ》がもたなくなって公園の芝生の上に沙苗は膝をついた。

「っゲホ……はぁっ……はあ……」

息が苦しくて、その場で倒れこみそうな勢いで咳《せき》こむ。何度か深呼吸をしたところでようやく落ち着いた。

周囲は既に夜を迎えており、人の姿はない。はあはあと息を切らす沙苗の頬を冷たい風が撫《な》でる。

遠くには町の灯りが点々と輝いていた。輝きは赤、緑、黄色と点滅している。

あれはイルミネーションだ。

気づけばクリスマスの季節となっている。なつめと出会って、一年になることを知らすように暗闇を照らしている。

「う……………っ」

涙が溢《あふ》れてくる。

一緒に見たイルミネーション、すごく綺麗《きれい》だった。

春になって、二人で桜を見た。綺麗な花吹雪の中を歩いて回った。

暑い夏の最中、仕事に追われている沙苗をいつも助けてくれた。花火の代わりに見せてくれた光の景色は、今でも沙苗の心に刻まれている。

「なつめ……お願い………」

姿を見せて。

ちゃんと声を聞きたい。

話を、したい。

芝生の上で顔を覆い沙苗は泣いた。辛くて、悲しくて。会いたいのに会えないことが、こんなにも辛い事だなんて思わなかった。

(このまま会えなかったらどうしよう)

不安で心が押しつぶされそうだった。

帰ったら「出掛けてたよ」なんて言って笑って戻ってきてくれたらいいのに。けれどその夢は夢でしかないことは、沙苗が握りしめているなつめの指輪が物語っている。

「一人にしないで……」

いつも強がって、一人でもなんとかやれるのだと心に壁を作っていた沙苗に、なつめは当たり前のように寄り添ってくれた。いなくなってしまった空虚な心の中は、冬の寒空のように冷たくて凍えてしまいそうだった。

ふと、風に揺られるように何かが近づいてくる音がした。

誰か人だろうかと思って、目元を擦りながら沙苗は顔をあげて、そうして固まった。

そこに人はいなかった。

いたのは、一匹の大きな狐《きつね》だった。

「…………え」

ここ、都内の公園だよね？　思わず周囲を見回すが、どうやら他に仲間はいない。ペットとも思えなかった。

狐は少し離れた場所で沙苗を見つめていた。黙ってその場に佇《たたず》みながら、沙苗のことを見ている。

狐に遭遇した時にどうすればいいかなんて、沙苗は知らない。一瞬逃げるべきなのかと思ったが、その狐と目が合った瞬間、考える事を止めた。

金色に輝く瞳をどこかで見た覚えがあったからだ。

狐を見た事もないのに、どうしてかその瞳から目が離せなかった。

何より狐は黙って沙苗を見ていた。その目はどうしてか……沙苗を気遣うように見えた。

(ありえない。ありえないってわかってるけど)

一つの仮説にたどり着く。

あり得ないと言いながらも、それでも狐の瞳を見れば見るほど、その考えは確信に変わっていった。

狐が踵《きびす》を返《かえ》そうとした瞬間、沙苗は思わず叫んだ。

「なつめ……？　なつめなの？」

踵を返した狐の足が、止まった。

長く柔らかな尻尾を僅かに跳ねさせながら、沙苗の問いに確かに止まったのだ。

沙苗はゆっくりと近づいた。

「お願い。なつめなら逃げないで」

もう一歩近づく。

狐は逃げなかった。

段々と近づいていく。狐は何処か諦めたように向けていた背を戻し、その場に座り込む。

見上げるように沙苗を見つめる瞳の色は、金色の中に微《かす》かな灰白色が混ざっていた。

目の前に座る狐を見下ろしながら、沙苗はゆっくりと狐の前に座り込む。同じ目線の高さで、覗《のぞ》き込むように狐の瞳を見た。

瞳の奥に映る沙苗が、顔をしわくちゃにして泣いた。

困った様子で、狐は口を開く。

「困るよ沙苗。この手だと僕、君の涙も拭けないんだから」

確かになつめの声色で、そう囁《ささや》いたのだ。

「この見てくれの通り、僕は狐だよ」

淡い橙色《だいだいいろ》の毛をフワフワと見せながら、狐となつめは告げた。微かな月明かりしかない闇夜でも分かる毛並みは確かに本物だった。

「正確に言えば仙狐《せんこ》と呼ぶんだけど、まあ……狐は狐だね」

ふんわりとした尻尾はあまりに愛らしい。

「……狐は言葉を喋《しゃべ》ったりなんてしないんだよ」

「ふふ、そうだね」

狐の目が半円を描いて微笑《ほほえ》んだ。

そこにいるのは人間ではなく、一匹の狐だというのに、笑うように目を細める仕草も瞳の色も、全てがなつめにしか見えなかった。

「……………人に化けてたの？　おとぎ話みたいに」

狐は人に化けると、物語の中にはよく出てくる。狐に化かされたなんて言葉があるように。

しかしなつめは何処か言葉に迷いながら目線を下に向ける。

「どうなんだろうな。僕もこの姿に戻るのは随分久しぶりだから」

久しぶりとは、どういうことなのだろう。

「うーん……説明が難しいから、直接見て貰《もら》った方が早いかな」

そう言うとなつめは顔を近づけてきた。狐の顔を。

「沙苗。頭を寄せて。あ、エキノコックスにはなっていないから心配しなくていいよ」

「心配してないよ！」

ちょっと気になったけど。

誤魔化すように沙苗は狐の頬に触れながら頭を近づけた。

（あ、ちょっとごわごわしてる）

初めて触れる狐の毛並みは少し硬くて、けれど温かかった。

鼻先を擦るようになつめが沙苗の額に触れた途端、沙苗の視界は一瞬にして切り替わった。

（何……？）

「顔をあげていいよ」

言われて顔をあげてみれば、そこには薄い霧がかかった草原が広がっていた。

見覚えがある。

それは、何度も夢に見た草原の世界だった。

隣には、人の姿をしたなつめが立っていた。

「なつめ……！」

嬉しさに彼を見上げた瞬間、彼の頭についているモノに釘付《くぎづ》けになる。

耳だ。

狐のふわふわした耳がついている。

「ああ、これ。普段は隠しているんだけど、本来の姿になると隠せなくてね」

よく見れば格好も直衣《のうし》のもので、それは夢に見たなつめの姿と同じだった。

「ご覧、これは僕が神使になった頃の風景。今から五百年ぐらい前かな」

五百？　五百と言った？

「僕は昔、ただの一匹の狐だったんだけど。歳《とし》を幾度と重ね神使として神社に仕えるようになったんだ」

「神社……」

言われて思い浮かべたものは、去年のクリスマス頃に見かけた大きな社だった。

思い出した瞬間、景色が一変した。

荘厳な鳥居が目の前にそびえ立っていた。

「これ……」

「うん。沙苗がお詣りした神社だよ」

鳥居も社殿も提灯《ちょうちん》も何一つ変わりが無かった。人の気配は相変わらず無く、神社は美しいを通り越して恐怖を感じるほど静まり返っていた。

静かな境内を、息を切らしながら走る男の姿があった。

（この景色……）

見た事があった。

「夢に見た景色と一緒？」

なつめに聞かれ、沙苗は黙って頷《うなず》いた。

男は境内を通り過ぎる。沙苗やなつめの姿など見えていないように通り過ぎ神殿の前で膝をついた。

「我が願いを、我が宿願を聞き届け給《たま》え！　あの男を呪い殺し給わんことを願い奉る！何卒何卒《なにとぞ》、お願い申し上げます……！」

野太い声で叫ぶ言葉は呪いのような言葉だった。言葉は古く、よく聞き取れなかったはずなのに、それが誰かを呪い殺すことを願っているということだけは分かった。

（こんなことを願っていたの……？）

夢の中では、何に対し願っていたのかまでは分からなかった。

（人を殺すことを神に願っていたなんて……！）

恐ろしさに震えていれば、また場面が切り替わる。

一人の男が息絶えていた。その様子に沙苗は口元を覆う。泡を吹き、首を掻《か》きむしった痕を残し死んでいた。

いくら幻覚とはいえ、今目の前で起きている光景ではないとはいえ、その映像はあまりにも惨《むご》たらしく目を背けたくなった。

「これがあの男の願った結果だよ。あまり見たいものじゃなかったね」

沙苗の様子に気付いたようになつめが声をかけると、さらに画面は切り替わった。

そこは、葬儀の場面だった。寺院墓地らしき場所で、僧が経を唱えている。参列する人々は悲痛に泣いていた。何故《なぜ》、と嘆いていた。あれほど元気だったのに、まだ若いのに、と。

「これは、さっき祈っていた男の葬儀だ」

「え……………」

こと切れていた男の葬儀ではないことに驚いてなつめを見る。

「さっきの男は神社で神に願ったんだ。自分では敵《かな》わないある男を殺して欲しい、てね」

淡々となつめは続ける。

「神は願いを受け入れたから、男の呪った相手を殺した。泡を吹いて死んでいた男を見ただろう。あの男が呪いを受けた相手だよ」

「そんな……………」

当たり前のように神様が人を殺したのだと、なつめは告げる。

「この神社は普通の神社と違う。訪れた人の願いを叶《かな》えるために存在する神社だ。けれどその願いは決して穏やかなものじゃない。人を呪い殺《あや》める、他人の不幸を願うためだけに存在する神社だよ」

沙苗は息を呑《の》む。

なつめの言う言葉が本当ならば、呪い願った相手は命を落とす。

「……呪い殺すことを願った人も、死んでしまう……？」

先ほどの光景では願いを叶えた男もまた死んでいた。

沙苗の恐怖を感じ取ったようになつめはゆっくりと目を閉じた。

「人を呪わば穴二つってね」

景色は一瞬にして切り替わり、夜の公園に戻る。

額と鼻先をくっつけていたなつめは少しだけ後ずさり離れる。

「僕の仕事はあの神社の神使だ。それが沙苗にも伝えていなかった、僕の仕事」

「神使……」

「二十四時間、いつ呼ばれるか分からない参拝者……この場合、お客さんでいいのかな。まあ、それを待つだけの仕事でね。月に一回あるかどうか。自由業といえば自由業かな」

「自由業」

随分身近に感じる言葉に変わってしまった。

「僕の仕事は簡単だ。一つは願いを叶えに来た参拝客の願いを聞き届け、それを成就させる。もう一つは」

一瞬、言葉を切る。間を置いてなつめは口を開く。

「もう一つは……願いの代償を払わせることだ」

「………なつめ。私もあの神社でお願いをしたよね」

思い出す。

どうしてあの神社が沙苗の前に現れたのか。あの時、沙苗は何を思っていたか。

絶望に満ちて歩いていた夜道。アルコールを飲まずにはいられず、自暴自棄な気持ちで歩いていた孤独な夜。

『許せない……許せない！』

脳裏に己の声が蘇《よみがえ》る。

『アイツらが不幸になりますようにって……いっそ願っちゃう？』

『神様、クリスマス前に振ってくるような最低な男を呪い殺してください』

それは、確かに想《おも》った沙苗の想い。

修平と奈々《なな》に向けた、明確な殺意。

「あの時、私が願ったことは………そっか」

悔しかった。悲しかった。不幸になって欲しいと願った。自分をいいように扱って、あっさりと捨てた彼を。嘲笑《あざわら》うように恋人を奪った女を。

「沙苗」

労《いた》わるような優しいなつめの声を聞いて確信した。

「私の修平を許せない気持ちが……神社を呼んだのね」

人の死を望む想いに応える神社を呼び出したのは、確かに沙苗なのだ。

「……そうだよ」

なつめは頷いた。

「君が神社を呼び出した。そして、呪い殺したいと願った。僕はそのために呼び出された」

「つまり……」

それ以上沙苗は言えなかった。

人を殺め、不幸を願うためだけに存在する神社。

その神社の勤めを果たすなつめ。

「沙苗」

金色に光る瞳が沙苗を見る。

「僕が怖い？」

じっと、なつめは沙苗が答えるのを黙って待つ。

「…………」

沙苗は首を横に振った。

「怖くない」

嘘《うそ》ではなかった。

（薄情だとか、酷《ひど》いなんて思う人がいても構わない）

「怖くないよ」

もう一度、今度はしっかりとなつめに向けて伝えた。

「…………そうか」

金色の瞳が微《かす》かに優しく揺らいで、そのまま閉ざされた。

「確かに君は願った。人を呪いたいと願う想いに呼応して神社を呼び出したんだ。でも、君は誰の死も願わなかった。覚えてる？　そんなつまらない事に神様の手を煩わせたくないって言ったんだよ」

見上げる沙苗の頰をなつめが触れる。その指先は爪が長く、美しかった。

「驚いたよ。そんなこと言われたことなかったから。呪いの神社を呼び出しておいて、出てきたお願いが『素敵な旦那様が欲しい』って」

懐かしそうな眼差《まなざ》しでなつめは見つめる。

「初めてだった。人を殺すこと以外を願われるなんて。同時に、君という存在にすごく興味が湧いた。心を痛めるほど辛《つら》い思いをしてきた君が、前を向こうとする姿が。神様と一緒に晩酌しようとする君を、もっと知りたいと思った。だから」

雲の隙間から垣間見《かいまみ》えていた月が姿を現せば、光のカーテンが夜空を照らす。

なつめの姿が、霧のように霞《かす》んでいく。

「なつめ……？」

「僕も願ったんだ。沙苗の願う「素敵な旦那様」を、僕にしてくださいって」

なつめが一歩、沙苗から離れる。

（どういうこと？）

沙苗の願いを、本来ならば叶うはずのない願いを叶えようとしてくれたという。

時折雲隠れしては姿を現していた月が雲から抜け出て地上をより明るく照らす。

何処《どこ》からか吹く風が、なつめの直衣を揺らす。そうしてなつめの長い袖を揺らしては微かに素肌を晒《さら》す。

「……待って。なつめ、それ……」

沙苗は愕然《がくぜん》としてなつめの左腕を見た。そこには確かに痣《あざ》があった。まるで染色したように左腕の手首まで痣が刻まれていた。

そうして思い出す。

（あの時……なつめは呪いを解いたのではなく
自分に移し替えたのではないか。

「私の代わりに……呪いを受けた……？」

信じたくなかった。けれど辻褄《つじつま》が合う答えに沙苗は唇が恐怖で震えた。

「呪いの代償だなんて言ったけれど大丈夫。君は死なない」

それは肯定の証《あかし》だった。

月の光に助けられるように、なつめの姿が霞んでいく。橙色《だいだいいろ》の髪は光によって銀色にも金色にも輝いて見えた。その髪に隠れるように見える狐《きつね》の耳。

人ならざる姿をしたなつめは人々を魅了するほど美しく、けれどその穏やかな笑みはいつも見せてくれた優しい表情だった。

「心なんてものを知らなかった獣の僕に、人を愛する気持ちがどんなことなのか教えてくれたのは沙苗。君だよ」

指輪が外れ痕だけが残る沙苗の左手の薬指になつめが唇を落とす。

「狐の婿入りの時間はもう終わり。ありがとう沙苗。僕の願いは十分に叶った。呪いは君じゃなくて僕こそ受けるべきなんだ」

「うそ…………」

沙苗は零《こぼ》れ落《お》ちる涙をそのままに首を何度となく横に振った。

「お願い……やめて」

なつめの笑顔は穏やかだった。いつものように安心させるような笑みではない。

満足していると、満たされたような笑みだった。

「なつめ、待って」

手を伸ばす。けれど手は空を切った。その場になつめがいる筈《はず》なのに、その手はなつめを掴《つか》むことが出来なかった。

「長い年月の中で、こんなにも楽しい時間は無かった。でも……沙苗が泣いているのは、ちょっと……だいぶ、辛いなぁ」

触れられない手が沙苗の頬に触れる。

「なつめ…………っ」

いかないで。

声にならない声で、叫ぶ。

差し伸べた手を掴むようになつめの手が添えられる。顔を近づけて、触れられない唇と唇が重なり合う。

触れた感触はないのに、そこからはいつもの甘い香りがした。


なつめが姿を消して、三日が経《た》った。

あれから、どう帰ったのか……沙苗は覚えていなかった。

ただ辛くて、辛くて。

今まで無遅刻無欠勤であった仕事を茫然自失《ぼうぜんじしつ》とした状態で、それでも休むとだけ伝えて沙苗はひたすら寝室のベッドで丸くなり泣いていた。

なつめが居なくなった日常は、あまりにも空虚だった。

食事を作る音もしない。目覚めの時刻になっても起こしてくれる声はない。

一緒に「いただきます」を言ってくれる人も、「いってらっしゃい」を告げてくれる人もいない。

なつめはもう、いないのだ。

「…………っ」

もう三日も経つのに現実を受け止めきれなかった。

(なつめ……)

苦しさに押しつぶされてしまいそうだ。惨めで、何より自分が憎かった。

(殺したいって思うぐらい憎んでたのよ、本当は)

隠していた本音を曝《さら》け出《だ》すように神社は顕現していたのだ。

本当は憎いのでしょう?

自身をあっさりと捨てた男が、自分を嘲笑う女性が。

憎くて殺したかった。だから、その想いに引《ひ》き摺《ず》られるように神社が現れた。

「………最低」

それでもなつめに出会えたのは、その想いがあったからなのだと思うとやるせない。

(どうすれば良かったの…………どうすればいいの……?)

何も分からない。

何も考えられない。

目を閉じていると、何処からかバイブレーションの音がする。

一瞬、なつめだと思ってしまう己が恨めしい。

布団から微かに身を起こし周囲を見れば、ベッドから落ちたスマートフォンが震えていた。電池も残り僅かの画面には、『若山《わかやま》春子』からの着信が知らされていた。

未《いま》だ震えの止まらない状態を見つめてから、一息《ひといき》吐《つ》いて通話のボタンを押した。

「………もしもし」

『沙苗！　やっと繋《つな》がった！　今、家に居るの？』

食い気味に聞いてくる春子の声は僅かに怒っていた。

「うん……いる」

『そう。じゃあ、今からアンタの家に行くから！』

「………え？」

スマートフォンを持っていた手が硬直する。

春子は沙苗の家を知っている。以前何度か家に遊びに来た事があるからだ。

「えっちょ……」

慌てて沙苗はベッドから飛び起きた。寝室に転がった荷物に足をぶつけつつ電話を続ける。

『心配で連絡しても返事が無いから何かあったんじゃないかって……！　病気なの？　とにかく、一度顔を見せて』

「ちょっと待って！」

沙苗は慌てて周囲を見渡す。

（ひどい状況……）

なつめが居なくなってから沙苗が部屋を片付けた記憶はない。気力を喪失し、最低限の生活しかしていなかった。

（こんな部屋に人なんて呼べない……！）

「分かった。分かったから、家はちょっと無理なの……えっと、駅前にあるカフェで待ち合わせしよう」

どうにか約束の時間と場所を取り付けて通話を切る。

静寂が戻った部屋は散らかし放題だった。たとえ食欲が無くても何か食べなければと開封した携帯食の空き箱、出しっぱなしのペットボトル。脱ぎ散らかしたままの衣類。

「……………うわ……」

沙苗はようやく、色んな意味で人としての意識を取り戻した。

約束の時間まであまり余裕もなく、沙苗は慌ててシャワーで身体《からだ》を洗い、化粧を塗る。

鏡に現れた自分を見てギョッとした。目の下は窪《くぼ》んで、顔色も悪い。ろくに食事をしていなかったせいで不健康そのものだ。

（こんな格好……なつめが見たら怒るだろうな）

考えるだけで涙が滲《にじ》む。首を横に振り、メイクを続ける。

微かに赤らんだ目を優しくティッシュで拭って完了し、コートを片手に飛び出した。

僅かに急ぎ足で向かった先は最寄り駅の近くでよく行くカフェ。

中に入れば、春子の顔をすぐに見つけられた。彼女の元に近づいたところで沙苗は足を止めた。

「も……森谷《もりや》部長？」

春子の向かいの席に森谷が座っていたのだ。森谷は名を呼ばれたことに気付き視線を沙苗に向けると立ち上がり、軽く頭を下げた。

「急に押し掛けて申し訳ない。若山さんに丁度話をしたら東《あずま》さんに会いに行くと言うから、お願いしてついてきたんだ」

「いえ……そんな。ありがとうございます」

心配を掛けてしまったのだと改めて実感する。

沙苗は二人に向き合うように立つと頭を深く下げる。

「ご心配をお掛けして本当に申し訳ありません」

（私、何も考えられていなかった……）

なつめが居なくなったことに絶望して、心配してくれる人がいることまで考えもしなかった。ただひたすら辛く、一人きりになってしまったような絶望感を抱いていた。

（でも違った）

案じてくれる人がいたのだ。

「……ひとまず座って。それから……話してくれる？　沙苗のことだから一人で思い悩んでると思って」

図星を指される。沙苗は春子の隣に座り、縮こまった。

「なつめさんは……この事を知ってるの？」

遠慮がちに春子が尋ねてきた。

「……ううん」

多くを語らなかったが、春子には今回の件でなつめが関係しているのだときっと分かっているのかもしれない。

「その……どうしようもない事が起きてしまって……」

どう説明すべきか悩みながら、どうにか言葉を紡いでいく。

「彼が……なつめが遠くに行ってしまったんです……」

なつめの名前を口にするだけで眦《まなじり》に涙が浮かんできた。駄目だ、今は泣く時じゃないと心を叱咤《しった》して続ける。

「喧嘩《けんか》とかそういうのではないんです。でも、もう帰ってこないと思います」

沙苗の深刻な声色に春子も言葉を発せず黙って聞いていた。

店内のBGMだけが穏やかに流れる中、森谷はコーヒーを一口飲んでから口を開いた。

「それなら、捜しに行ってごらん」

「…………え」

顔をあげれば、森谷は深みのある穏やかな笑みで沙苗を見つめていた。

「なつめさんが何処《どこ》か遠くに行ってしまったのなら、東さんが捜しに行けばいいんだよ」

「森谷部長……簡単に言いますけど」

呆《あき》れた口調で春子が返すが、森谷は人差し指を立てて静かに黙らせた。

「どうしようもない事があった時こそ、人は動くべきなんだ。失敗したと、後悔して終わったらそれ以上何も進展しない。大事なのは、その後」

周囲から話し声やBGMも聞こえている筈なのに、沙苗は森谷の声しか聞こえなかった。

「何もしないで諦めるよりも前に、まずは行動してみよう。君なら大丈夫。何度だって起き上がって、きっと成し遂げられる」

確固とした自信を持って森谷は告げる。自分の事でもないのに、成功を当然のように信じていた。

「…………成し遂げられますか？　私に」

尋ねたかった。

本当に、出来るのかと。

「勿論《もちろん》。君なら出来る」

笑顔で言われ、沙苗は溢《あふ》れ出《で》た涙が伝い落ちた。これは、悲しくて泣いているのではない。

（まだ、止められる）

諦めずにいたらなつめに会えるかもしれない。

「そうよ、沙苗。真面目なアンタだからこそ絶対出来るって、誰よりも知ってるんだから」

「…………ありがとう」

彼らは沙苗が何を抱えているのかを深く尋ねない。純粋に心配をし、そして勇気を与えてくれる。その言葉がどれほど沙苗の心を強くするのか。

「人手が欲しい時はいつでも連絡しなよ。仕事でもプライベートでも、助け合い……でしょ？」

春子が冗談交じりにウインクをする。わざと明るく振る舞って沙苗を元気づけてくれているのが今なら分かる。

「うん……！」

いくつか会話を交わし、二人と駅まで一緒に向かう。

改札からホームに向かっていく二人が見えなくなるまで見送ってから沙苗は踵《きびす》を返《かえ》し、走り出した。

(なつめを捜す。絶対に)

別れだなんて信じない。まだ、返事を聞いていない。

(神様がダメだって言っても……絶対に諦めない！)

目的地のあてもなく、ただひたすらに走る。

陽も暮れてきた街の中を、沙苗は駆け出したのだ。

スーパー、公園、少し離れてショッピング街。どれもなつめと一緒に行った場所だ。

大勢の人の中から目当ての人を捜す。それは途方もない人の捜し方だった。

(でも、何もしないなんて出来ない……！)

情報は何もない。何処にいるのかだって分からない。

ほんの僅かな可能性にかけて色々な場所へ向かった。

電車に揺られ会社の近くもひたすら走り回った。

なつめの姿はない。それでも沙苗は走り回る。

気が付けば日はすっかり落ち、空には月が昇っていた。走り回って気付かなかったが、歩いていれば冷たい風が頬を撫《な》でる。

「はぁ……はぁ」

「喉渇いた………」

それもそのはず。春子達を見送ってからずっと走り回っていたのだ。いくら寒空の下とはいえ、身体は火照り喉もカラカラだ。

(飲み物買おう)

あまりに考えなすぎな行動かもしれないが、立ち止まっているとマイナス思考が頭をよぎるから、いっそ動き回っていた方が良《い》いだろう。

もう少し捜すためにも水分補給をしに近くにあったコンビニに足を運ぶ。

今の時刻は分からなかったが、大分夜も深まってきていた。ほんの少しお腹《なか》が空いていることに気が付いた。

コートを着ながら汗だくの沙苗に通りすがりの人は驚いた顔をして覗《のぞ》き見る。そんな視線も気にせずコンビニエンスストアの自動ドアが開くと、入口にある小さなカゴを持って中を進んで行く。

手始めにカゴに入れたのはメイク落とし。さすがに顔が汚れすぎているからと一つ放り投げる。
ペットボトルのお水を入れてから、軽食にパンも入れる。
「………あ」
ふと、視界に入るのはお酒のコーナー。
(あの時も、こうしてコンビニでビールを買ってたっけ……)
思い出したように沙苗はビールのコーナーに向かい、缶ビールを三缶カゴに投げてから
レジへと向かった。
「いらっしゃいませ」
店員がカゴの中を取り出しながらバーコードを読み取る。
「袋はいりますか?」
おずおず尋ねられ、沙苗は「お願いします」と返す。
ビニール袋に入れられた缶ビールやメイク落としを手に取って店を出ていく。
寒空の闇夜。時々月が覗くように雲から見つめている。
ビニール袋の中からメイク落としを取り出し、その場で顔を拭う。
お店の外、しかも何もない場所でメイクを落とす。
(うーん女性として色々捨ててる部分があるなぁ)
けれど、見て欲しい人がいないのだから、今着飾る必要もない。

メイクを落とし終えてから沙苗は歩き出した。

コンビニの前でパンを一口頬張ってから水を飲む。

走り回ることを止めた身体が徐々に冷えてくる。はあ、と息を吐けば白い煙が風に流されていった。

軽く食べ終えてから袋に戻す。袋にはまだ缶ビールが残っている。

「…………」

なんとなく、一本ビール缶を取り出すと蓋を開ける。プシュリと音がして、微《かす》かに炭酸が指にかかるが気にせず思いきり口に含んだ。

「はぁ……冷たい」

疲れた体にビールが染みる。

ビールを飲みながら歩き出す。あてもなく、どこにいくでもなくひたすらに歩く。

(あの時もこんな夜だった)

寒くて、悲しくて、ヤケになって。

あの時は公園を探していた。お酒を飲むための場所が欲しかったから。

けれど今は違う。

「出てきなさいよ、神社。私の声が聞こえてるんでしょう?」

声を張り上げる。

「なつめを返してよ。知ってる？　職業って自由に選べるのよ。神様の使いだって転職できるんだからね」

一筋の涙が風に当たって冷たい。

「仕事のやり方も一方通行だし……神様って本当我儘《わがまま》。人間なんかより……ずっと我儘……っ」

段々と怒りが湧いてきて、喉が嗄れるぐらいに大きな叫び声をあげた。

「願い事を叶《かな》える神社だって銘打っているなら、今すぐ私のところに出てきてよ……出てこなかったら……それこそこっちだって呪っちゃうわよ……やり方知らないけど！」

近所迷惑とか、警察のお世話になるかもしれないなんて考えは今の沙苗には無かった。

「なつめに……会わせて……」

悔しかった。

許せないのは自分であり勝手に願いを叶えようとした神である。

なのに、沙苗は我儘な自分の願いを叶えたくて、許せない神に祈ることしか出来なかった。

「お願い…………！」

会えなければ、それこそ自分の命が死んでしまう気がした。

冷たい風が吹いた。ヒュウヒュウと音を立て、沙苗の髪を大きく揺らす。

俯《うつむ》いていた顔をあげ、髪をまとめ直そうとしたところで沙苗の手は止まった。

霧がかかった町の中に、ひっそりと鳥居が立っていたからだ。

一瞬、信じられないと瞳を大きく開いた。

「……………夢じゃないよね……？」

沙苗は鳥居をくぐる。

人ひとり居ない神社。提灯《ちょうちん》の灯《あか》りだけが相変わらず不気味に道を照らしている。

不気味なほど生き物の気配がない。

道を違えることもなく、まっすぐ歩いていくと一つの像が目に入る。

狐《きつね》の像だった。まるで神殿を護《まも》るように建てられていた。

（これ、前に来た時あったっけ……）

思い出せなかった。

像に近づいて狐の顔を見る。

石像だというのに、その瞳にひどく既視感を抱いた。

冷たい狐像の手を撫でてから、沙苗は神殿に向かい歩き出す。

神殿の奥は今日もやはり見えなかった。

沙苗は賽銭箱《さいせん》と本坪鈴の前に立つと、あの時と同じように賽銭箱に小銭を投げ入れ、本坪鈴を静かに揺らす。からんからんと、涼やかな音が鳴る。

「一年ぶりですね……」

二礼二拍手一礼を終えてからビニール袋に入ったビールを取り出して賽銭箱の傍《そば》に置く。

それから鞄《かばん》から財布を取り出すと、以前と同じように一万円を賽銭箱に入れた。

「もう一度お願いしに来ました。願い事、聞いて頂けますか？」

沙苗はとびきりの笑顔を浮かべた。

返事は当然ながら無く、何一つ音のない神社で沙苗は大きく息を吸った。

「一年前に私がお願いしたこと、覚えていますか？」

沙苗は覚えている。

『神様。私は東沙苗と申します。どうかカッコよくて優しくて超ハイスペックな旦那様と巡り合えるように、お計らいください！』

酔っ払った勢いで神にお願いをした、あの時のことを。

「神様のお陰で素敵な旦那様と巡り合いました。なつめって言うんです。優しくて、料理も出来て、願い通り超ハイスペックでカッコいい旦那様でした。でも」

震える身体《からだ》を押し殺し、神殿を睨《にら》む。

「でも、私の旦那様は消えてしまいました」

ふつふつと怒りが湧いてくる。

「巡り合わせて下さったのに、彼は姿を消しました。おかしくないですか？　私は彼から、この神社は願いを叶えるためにある神社とお聞きしました。けど」

大きく息を吸う。

「私の願いは！　まだ、叶っていません！」

声が神社に響き渡る。微かに風が舞い、本坪鈴がほんの僅か音を鳴らす。

「私に努力が足りないのなら、これからも努力します！　でも、どんなに頑張ってもなつめがいないと意味が無いんです」

自分が綺麗《きれい》になりたいと思うのも、誰よりも優しくしたいのもなつめだった。

「私が願うのは、たった一人の旦那様。なつめ以外、私の旦那様は望みません。彼に相応《ふさわ》しい素敵なお嫁さんになれるために、頑張るから……っ」

沙苗の願う夫は、なつめ以外にあり得ない。他にどんな素敵な人が現れようと、沙苗の意志は変わらない。

こんなに人を好きになったことがないのは、沙苗も一緒だ。ただ一人の、沙苗にとっての大切な存在。

震える手を合わせ、祈る。

「神様。二回分のお願いです。どうか私の元になつめを返してください！　一回目の願い事が叶えられていないのに、代償だけ持っていくなんてずるいです。それ、詐欺って言うんですからね！」

沙苗の叫びに呼応するように鈴が鳴る。風もないのに自らの意志を持ったように鳴り響く。

「私はなつめがいないと願いが叶わないんです。だから……なつめを返してください」

鈴の音がカラン、と神社の中に巡り、合唱のように響き渡る。

それはまるで結婚式で聞いたチャペルの鐘の音に、ひどく似ていた。

何が起きたのかと顔をあげた瞬間、神殿の中から大きな光が放たれる。

突然の真っ白な世界に沙苗は目も開けられず顔を腕で隠す。今目を開ければ失明してしまいそうな光は脅威ですらあった。

(何……?)

鈴の音は未《いま》だ聞こえてくるが、随分と遠くから聞こえてくるようだった。

光の波は落ち着きを取り戻し、ゆっくりと目を開く。恐る恐る開いてみれば、そこは真っ白な世界だった。

ただ、一本の大木が目の前に立っていた。

「………?」

足音すらしない白い世界の中、大木を目印に歩いていく。

そこには一匹の狐が丸くなって眠っていた。全身覆いつくすほどの痣《あざ》が刻まれ、痩せ細った狐が。

「…………っ」

思わず駆け寄る。足音もしない道を走り、狐の前に座り込む。

「…………なつめ？」

耳がぴくりと揺れると狐はゆっくりと顔をあげた。

灰白色の瞳が沙苗を見つめると、ゆっくりと起き上がり沙苗の頬を優しく舐《な》める。

「……泣いてないよ、まだ」

大きな狐の首にしがみ付くように、抱き締めた。

「帰ろう」

言葉は無かった。

狐は黙って抱き締められたまま自身の頬を沙苗に擦り付ける。小さく、子犬のような鳴き声を出す。

それは、甘えているように見えた。

「……やっと甘えてくれた」

初めて見せるなつめの甘える姿に笑う。

今初めて、本当のなつめに出会えた気がした。

その瞬間、世界は真っ白に光り輝く。何もかもが白に埋めつくされ、一瞬見えたなつめが全て真っ白に染め上げられたような錯覚を感じながら、沙苗は意識を失った。


ピピピ。

耳に残るいつものアラーム音。七時を知らせる合図。

「…………ん……」

ぼんやりとした頭は未だ覚醒しないまま条件反射のように目覚まし時計を手で止める。止めてからむくりと身体を起こす。そこは見慣れた自室のベッド。カーテンの隙間からは晴れ晴れとした青空が覗《のぞ》いて見えた。

「…………何で、家……」

昨日の夜の記憶を思い出して、そしてようやく覚醒する。

「なつめ！」

慌ててベッドから飛び起きて寝室の扉を開けた。

リビングからは食欲をそそる味噌汁《みそしる》の匂いと眩《まぶ》しいぐらいに明るい光。

カーテンを全開に開いた窓から零《こぼ》れる陽の光は、きらきらと部屋の中を煌《きら》めかせる。

テーブルに並べられたテーブルマットは二つ。お揃《そろ》いのように並べられたそこに、マグカップが二つ。

キッチンを見れば、橙色《だいだいいろ》の髪が陽の光に透けて、金とも銀ともとれる色に見えた。

振り返る眼差《まなざ》しは穏やかで、灰白色の瞳が優しく弧を描く。

「おはよう、僕の可愛《かわい》いお嫁さん」

なつめがいた。

いつものように変わらぬ声色で、けれどその瞳は以前と違う。全身から伝わるなつめの想《おも》いを包み隠さず愛おしそうに沙苗を見つめていた。

「…………っおはよう。おかえり……私の素敵な旦那様……」

手を伸ばす。

なつめが応えるように沙苗の手を握ると、己の腕に抱き締めた。

二人の薬指には、銀の指輪が陽の光と共にきらきらと輝いていた。

エピローグ

チャペルの鐘が鳴り響く。

フラワーシャワーの中で、新郎新婦が嬉《うれ》しそうに歩いていく。周囲からはおめでとうの声と拍手喝采。この世の幸せを全て受け止めるような、至福の瞬間。

目の前を歩くのは、沙苗《さなえ》の長兄である朋樹《ともき》と、その奥さんとなる女性だ。

「綺麗だね」

煌びやかなウェディングドレスに輝くチャペルのステンドグラス。拍手を送りながら沙苗は新郎新婦の姿を見つめていた。

うっとりと見つめていた沙苗の耳元に隣の男性が唇を寄せてくる。

「沙苗が着たら、きっと世界で一番綺麗だよ」

拍手をしていた手を止めて隣を見上げる。

「…………もう……」

うまく言葉を返せず、恥ずかしい気持ちをぶつけるように沙苗は男性を叩《たた》いた。

なつめは苦笑しつつ拍手を贈る。

着こなされた黒のスーツ。僅かに髪をワックスで上げていて、いつもと違う雰囲気に胸が弾む。

なつめは次兄と約束を交わした通り、長兄の結婚式に参列した。

沙苗にとって、なつめが隣にいること自体が今では信じられなかった。

（夢じゃないんだ……）

時々隣を見上げてしまうのは、あまりにも幸せが続いているからだ。

式を終え、挨拶を交わし終えたところで沙苗はなつめの元へと駆けつけた。

「なつめ」

なつめはチャペルの傍でステンドグラスを見上げていた。その光景がどこか神々しさを感じさせた。

沙苗の声になつめは顔を向けると、いつものように穏やかに微笑《ほほえ》んだ。

「置き時計喜んでくれたよ」

和紗《かずさ》と共に贈り物である時計を渡してきたのだ。中身を確認した夫妻は「丁度欲しいものが目の前にある。何で分かったんだ？」と心から喜んでいた。

「それは良かった」

「……もしかして、朋兄《ともにい》が何を欲しがっているのか分かってた？」

なつめは願いを叶《かな》える神に仕えているのだから、もしかしてそんなことも分かるのだろうか。

尋ねればなつめはにこりと微笑んだ。

「そこまで万能じゃないよ」

やんわりと否定するような言い回しだが、何となく本当でも嘘《うそ》でもない答えだと思った。

(何となく、なつめの考えていることが分かるようになってきた)

いつも変わらず笑みを浮かべているから、何を考えているのか分からないように見えていたのに、些細《ささい》な表情の機微で彼が何を感じているのか、ほんの少しでも分かるのは自惚《うぬぼ》れだろうか。

沙苗はなつめに腕を絡ませ、ステンドグラスを見上げた。虹色の煌めきが陽の光と共に二人に降り注ぐ。

「遅くなったけど、返事を言わせて」

なつめがステンドグラスを見上げながらぽつりと囁《ささや》いた。

返事とは、沙苗が好きだと告白したことへの答え。

「あ…………」

帰ってきてくれたことが嬉しくて、沙苗から聞くのをすっかり忘れていた。

緊張した面持ちでなつめを見つめる。

「沙苗の好きという気持ち、嬉しかった。でもね」

でも、という否定から入る言葉に不安が胸をよぎる。

「でも、好きなんかじゃ足りない。愛してる」

唇が重なった瞬間、
チャペルの鐘が二人を祝福するように鳴り響いた。

虹色に降り注ぐ陽の光を頬に照らしながら、沙苗は呆然《ぼうぜん》となつめを見上げていた。なつめはと言うと、唇を離すと微《かす》かに悪戯《いたずら》っぽい笑みを浮かべている。

揶揄《からか》う時の顔だ。

「ここの神様は寛大だね」

「…………貴方《あなた》の上司《神様》が狭量なのよ……！」

なんだか悔しくなって沙苗から抱き締めれば、なつめの腕が抱き締め返してくれる。

願い事が叶ったのか叶わなかったのか。

それは神のみぞ知る、恋の行方。

あとがき

初めましての方は初めまして、あかこと申します。

この度は『狐《きつね》の婿入り』をお手に取って頂きありがとうございます。

私自身、初めて現代をテーマにした小説でした！　ゼロからのスタートで始めた物語のテーマは「現代社会に疲れている頑張る女性に、あやかしが贈る甘やかしと、とびきりの癒《いや》し」でした。とにかく甘やかされるヒロインが書きたい！　読んでいるだけで癒されたい！　という気持ちで書きました。

私自身、仕事で疲れることがあり、夜遅くに帰って何もできなかった……みたいな日があったりします。そういう生活の中で、「こんなことがあったらいいのにな……」という願望を全部出し尽くしたのが本作です。

読んでくださった方が少しでも癒されたら嬉《うれ》しいです。

普段、シリアスで重い雰囲気の話を書くことが多いため、担当さんにはだいぶお付き合い頂きました……本当にありがとうございます。

また、素敵な表紙を描いてくださった秋月先生ありがとうございました！　可愛《かわい》い二人のイラストはイメージしていた二人そのものでした！

そして最後まで読んで下さった皆様、ありがとうございました。また別の作品でもお会いできる日を楽しみにしております。

お便りはこちらまで

〒一〇二―八一七七
富士見L文庫編集部　気付
あかこ（様）宛
秋月壱葉（様）宛

富士見Ｌ文庫

狐《きつね》の婿《むこ》入《い》り

あかこ

2025年４月15日　初版発行

発行者　山下直久
発　行　株式会社 KADOKAWA
〒102-8177　東京都千代田区富士見2-13-3
電話　0570-002-301（ナビダイヤル）

印刷所　株式会社暁印刷
製本所　本間製本株式会社
装丁者　西村弘美

定価はカバーに表示してあります。　◇◇◇

●お問い合わせ
https://www.kadokawa.co.jp/（「お問い合わせ」へお進みください）
※内容によっては、お答えできない場合があります。
※サポートは日本国内のみとさせていただきます。
※Japanese text only

ISBN 978-4-04-075825-1 C0193

わたしと隣の和菓子さま

著／仲町鹿乃子　　イラスト／pon-marsh

新たな居場所を見つけた少女の、和菓子みたいに甘く、じんわり優しい恋。

家庭の事情で学生らしい時がなかった慶子さん。偶然訪れた和菓子屋「寿々喜」で和菓子に込められた想いを知りお店に通い始める。けれど、高校三年生の新しいクラスであの和菓子屋の店員さんが隣の席になって……!?

富士見L文庫

宵を待つ月の物語

著／顎木あくみ　イラスト／左

少女は異界の水を呑み「まれびと」となった。
そして運命がはじまる――

神祇官の一族・社城家の夜花は術士の力がない落ちこぼれだ。けれど異界で杯を呑み干した日から、一族で奉られる「まれびと」となった。不思議な美貌の少年・社城千歳を守り人に、社城家での生活が始まって……。

【シリーズ既刊】1巻

富士見L文庫